《大人の本棚》

佐々木邦

# 佐々木邦　心の歴史

外山滋比古編

みすず書房

佐々木邦　心の歴史

# 目次

# 芭蕉の蛙

古池や蛙飛び込む水の音

芭蕉がこの句を作ってから正に三百年、蛙の相場が頗る上がっている。これほど広く知られている句はあるまい。この一句だけで俳句というものを知っている人達もある。

山吹や蛙飛び込む水の音　　芭蕉

というのもある。初めにそう作って、あとから改めたのだろう。山吹は多く水辺に植える。その繁みは蛙の潜《ひそ》みそうなところだ。

気がつかなかったが、どうやら私は蛙が特別に好きらしい。先頃私のために設けてくれた会の席上である人が私を評して、絵といえば蛙ばかり描いていると苦情らしく言った。なるほど、本当だと思って、以来私は蛙を慎しんでいる。しかし蛙のことを文章に書くのは差し支えあるまい。

一口に蛙と言っても、殿様蛙、ドブ蛙、雨蛙、蟇蛙等がいる。これは常識として知っている方がいい。小野道風《おののとうふう》の蛙柳の枝に飛びつくという訓話を殿様蛙で描いているのをしばしば見受ける。殿様蛙は蛙の中でその名の如く一番立派だから蛙の代表のように思ってのことだろうが、あれは高いとこへ登らない。小野道風の蛙は雨蛙だ。青蛙とも枝蛙とも呼ばれて、雨が降り出すと喜んで木の枝で鳴く小さい蛙である。

誰も問題にしないようだが、古池に飛び込んで、芭蕉（当時四十歳前後）の詩情を動かし、俳句のレッテルのようになった蛙は何蛙だろうか。ただ蛙ではわからない。これを一つ考えて見たい。それが真っ昼間で、飛び込んだところを芭蕉が見ていたのか、あるいは時々見てあとから句に読んだのか。それともある夜寝ていて蛙の飛び込む音を聞いたのか、一晩でなくて度々だったのか？　場所は深川の芭蕉庵、そこには手頃の池と、

芭蕉野分して盥に雨を聞く夜哉

の芭蕉があった。

前に述べた通り、この蛙の句は古池やとして伝わっているが、山吹やの方も芭蕉作として残っている。これについて一説がある。芭蕉が弟子の其角《きかく》にこの句の両方を示した時、其角は山吹やの方がよろしいと主張するように言ったけれど、芭蕉は自分では古池やに定めていると答えて動かなかったそうだ。

庵の池の畔にはたしかに山吹があった。水辺に山吹を植えたのは庭作りの定法だ。日頃そこらに蛙のいることを見知っていた芭蕉は覚えず山吹やとやったのだろう。其角も池の様子を知っていたから、山吹やをよしとしたのらしい。しかし芭蕉はすでに山吹よりも古池やの方が融通自在と考えて、そう定めていたと見える。

俳人の看板をかけていない素人が芭蕉翁の心境を忖度《そんたく》するのは僭越《せんえつ》かも知れないが、特に勘弁して戴いて、私はこの蛙の偶発事件を夜分の出来事と思う。翁はむろん昼間も飛び込むところを無関心で見たことがあるけれど、ある夜寝覚めの折からに偶然音を耳にしたのである。ああ、蛙だな。あの山吹のところから飛び込んだのだな。と思い浮かべて、詩興が動き、それからそれと考えた。山吹が頭にあったから、初めは当然、山吹や蛙飛び込む水の音だったけれど、朝起きて見たら、あの句は古池やが自然だと思ったのだろう。

芭蕉も其角も単にその頃の江戸の蛙の通念に従って、何蛙か問題にしなかった。蛙といえばあたり前の蛙だと思っていたのだろうが、何蛙があたり前の蛙か？　蛙には殿様蛙とドブ蛙と雨蛙、その上に河鹿も赤蛙も蟇蛙もいる。この中、雨蛙でないことはたしかである。雨蛙は容積キャラメルの半分ぐらいだから、飛び込んでも、雨戸を距てて芭蕉の耳に届くほどの音は立て得ない。食用蛙はまだ渡来していなかったから論外として、蟇蛙でもない。この種類は産卵の時の外好んで水に入らないし、あの通り大柄だから、寝ている芭蕉をびっくりさせるほどの音を立てる。そこで結局、殿様蛙かドブ蛙だろうということになる。別に河鹿と赤蛙がいるけれど、これらは特殊のもので考慮に入らない。

以前、私は夏を度々郷里で過ごした。家の庭にかなり大きい池があって、その水が細くなって外へ流れるところにドブ蛙が数匹住んでいた。夜分可愛らしい声で鳴く。殿様蛙は一匹もいなかった。彼らは水田に一杯いる。鳴くこともよく鳴く。目が大きくて金をちりばめたようだ。背中に青又は黄の筋が三本通っていて、挙止《きょし》もおっとりしている。殿様の名にふさわしい。これに比べるとドブ蛙は正に下郎蛙だろう。黒くてイボだらけで、目だけが金だ。私は蛙の鳴き声が好きだから、ドブ蛙ばかりでなく、殿様蛙にも鳴いて貰いたいと思って、数匹を田からすくって来て池に放った。しかしいつも間もなく姿を消してしまう。田に帰るのだ。東京の家の池へ持って来たこともあるが移り住ませることは出来なかった。

同じ蛙という名がついていても、習性によって住むところが違う。居は絶対に移せない。これについても、私は日本語のよく出来ていることに感心する。昔から小田の蛙と言う。これは田に住む殿様蛙のことで、他の蛙は入っていない。蛙鳴は皆小田の蛙の鳴く音である。又ドブ蛙というのはドブに住んでいる蛙で、決して他の蛙のことでない。私は子供の頃の川狩で、赤い腹のイモリと共に網に入る蛙は必ずドブ蛙だったことを思い出す。ドブ蛙はドブまた池の中の水の細くなったドブに住むから、名詮自性《みょうせんじしょう》ドブ蛙である。田を住居として池に移しても逃げて行く殿様蛙が芭蕉庵の池に来ているはずはない。そこで池に飛び込んで天下に名をなした芭蕉の蛙は取りも直さずドブ蛙だったということになる。ドブ蛙も捨てたものでない。殿様蛙に比べると、半分ぐらいで、身が細く、慌てもので機敏だ。なかなか捉まらない。やはり目が金目で可愛らしい。殿様蛙は大きいのは鶏卵二つがけくらいだから、飛び込んでも音が高すぎる。音から言っても、寝覚めの俳人を喜ばせたのはドブ蛙に相違ない。

　古来蛙にはホトトギスのように句が多い。こういう虫ケラを詩の題にすることは日本文学の特長だ。西洋には俳句に似たものもないが、あっちの人達は日本人ほど虫ケラを憐れまないのだろう。以下蛙の俳句を幾つか並べて見る。

手をついて歌申上ぐる蛙哉　　宗鑑

同じ虫の中でも、蛙は恰好が最もよく人間に似ている。よく鳴くから、歌人にたとえたのだろう。蛇やトカゲでは想像がつかないが、手をついて短冊でも奉る様が考えられる。これは芭蕉の古池の句に次いでよく知れ渡っている。宗鑑は芭蕉より百五十年も先輩で、守武や貞徳（芭蕉の師の師）と共に俳諧の三神と称されている。

ここかしこ蛙鳴く江の星の数　其角

田のつづく限り蛙が鳴いている。皆殿様蛙だ。人が通ると、そのときだけ鳴きやむ。太功記に「小田の蛙の鳴く音をば、止めて敵に覚られじ」とあるは真に当を得ている。

見つけたり蛙に臍のなき事を　也有

これは誰も見つけていることだけれど、也有に版権を取られてしまった。横井也有は千数百石を食《は》んだ侍、単に俳句ばかりでなく、「鶉衣」という名随筆を残している。

さまざまや旅の蛙も一夜ずつ　成美

旅をして宿場宿場の蛙を聞いたというのだろう。侘しさもあれば物新しさもある。成美は蔵前の札差（禄米を扱う商人）の息子だったという。俳句を嗜む人達は昔も相当のインテリだった。学のある町人、お坊さん、医者、侍が多かった。

押し合うて鳴くと聞ゆる蛙哉　　北枝

土くれに動くもの皆蛙哉　　蓼太

田一杯の蛙が想像される。因みに北枝は研刀師、蓼太は幕府御用の縫物師、互いに年代が違う。前者は芭蕉の弟子、後者は蕪村と同時代である。しかし全く同じようなところを見ている。

ヒョッと出て犬に嗅がるる蛙哉　　夕月

私は子供の頃偶然こういう場面を見たことがある。全く出合い頭だった。犬は好奇心だけで、害を加える気がない。飛んで来たから何だろうと思った。蛙も思いがけず、ただ恐縮している中に、犬は何此奴かと言ったように行ってしまった。蛙の跳ねるのは人間の動作と違って、全く衝動的らしい。どこに着くか、わからずに跳ねる。

じっとして馬に嗅がるる蛙哉　一茶

一茶もそういう場面を見たのだろう。そういう折からはじっとしているのが蛙の保身術らしい。俳句の蛙はたいてい殿様蛙だ。一茶に、

蕗の葉に飛んでひっくり蛙哉

というのがある。草むらに隠れていたりするのはドブ蛙が多い。チーチー鳴きながら蛇に呑まれているのを思い出して見ると、たいていは瘠せ身のドブ蛙だった。一茶のもこの蛙はドブ蛙らしい。ドブ蛙は殿様蛙よりもあわてものだ。

瘠せ蛙負けるな一茶これにあり

元来殿様蛙に瘠せたのはない。皆丸々と太っている。一茶はこの句を作った時、ドブ蛙が頭の中にあって、瘠せ蛙と言ったのだろう。蛙に相撲を取る習性はないから、これは全然想像の句だけれど、ドブ蛙からなら瘠せ蛙を考えて声援が出来る。

麦藁の家してやらん雨蛙　　智月

孫を愛してと前書がある。可愛い句だ。智月は尼さん、芭蕉の弟子、夫に死別して出家、清浄潔白にして泥に染まぬその色、浮世の花とも思われずと評されている。

思うこと黙っているか蟇　　曲翠

蟇は在野の君子と呼ばれる。この作者は思うことを黙っているどころでない。同勤の侍を佞臣と認め、家に招いて槍で突き殺し、自分もその場で切腹して果てたという。穏かな芭蕉翁の門下にもこういう激しい侍がいたのである。

# テーブル・スピーチ

一言居士と呼ばれる人が時折ある。しかしどの社会の人たちでも、大多数は何も言わずに黙っていることを好むらしい。私もその仲間で、黙っているばかりでなく、人の演説を聞くことを好まない。あに弁を好まんやというのが日本人元来の性格らしい。徳川時代には演説というものがなかったけれど、それで結構間に合っていたのである。

聞きたくない長談義を聞いているのは辛いものだ。厭で厭で、時としては復讐心さえ刺戟される。Mark Twain は教会で説教を聞いていて、初めは出来るだけ多額の献金をしようと思っていたが、だんだんと説教が長くなるにつれて、だんだんと金額をへらした後、ついに牧師さんがようやく語り終わって献金の皿が廻って来た時、銀貨を一枚盗んでやったと言っている。盗んだと言うのは嘘だろうけれど、長談義はこれぐらい人の心を憤激させる。

演説や説教を好まないなら、そういうものの行なわれるところを避ければいい。君子は危きに近寄らず。若い頃はそれで済んだけれど、年を取ると周囲が複雑になって来る。そう避けてばかりはいられない。演説を聞くことの嫌いな私も往々にして演説しなければならない立場に置かれる。己の欲せざるところを人に施すという意識がある。自分は好きこそ物の上手なれの正反対だということもよく弁《わきま》えている。到底うまい演説が出来るものでない。

皮切りは二十年ばかり前だった。郷里の友人が衆議院議員の候補に立って、その妻女が応援を頼みに出て来た。断わったけれど、承知してくれない。引っ張られて行って、田舎の芝居小屋あっちこっちで推薦演説をした。二晩三晩つづいた。ある時、田舎道のデコボコで自動車がひどくバウンドをして、額《ひたい》に瘤を拵えた。そういう折からは脳天を打ちそうなものだが、どういう加減か額に瘤が出来る。得たところはこの発見だけで、候補者は落選した。

講演を頼まれることが時たまある。これは皆断わる。私は嫌いですからとは世間体が悪いようで言えない。やったことがないからと言って辞退する。学校で講義をしていらっしゃるから出来ないはずはないでしょうと来る。講義と講演は違う。百方辞退して拠《よんどこ》ろなく引き受けたこともあるが、そういう折からは面白くない日がつづく。実行前二、三日が気になる。何だか厭なことがあると思うと講演のことだ。それから実行後二、三日の間、講演のいかに拙かったかを考えて、ああああと幾度も嘆く。もう今度は誰が何と勧めてもやらないと堅い決心をする。

しかし、ここに甚だ面白くない場合がある。それには誰でも年配の人達が行き当たる。昔はなかったようだが、昨今はテーブル・スピーチというものが宴会の一部分になっている。この日本製の英語は日本中に行き渡っている。山の中の村の懇親会でも、食事が終われば、

「これから村会議員の八右衛門さんのテーブル・スピーチがあります」

と司会者が紹介する。お寺の坊さんもテーブル・スピーチをやる。

この流行はアメリカから入って来たものらしい。以前はたしかになかった。昨今は油断がならない。宴会に出席して今晩はご馳走になれると思っていると、後から肩を小突くものがある。会の世話役だ。ニコニコしている。

「デザート・コースに入ってから何か一つお話をお願いしたいんですが……」

これを断わることが甚だむずかしい。

「駄目ですよ、僕は話が下手ですから」

たいていはこの方式に出る。しかしこれは最も拙《せつ》なものである。下手ですからと言われて、お下手でしょうと肯定する司会者はない。

「そんなことはありません。どうぞ一つ」

と迫って来る。下手では絶対に通らない。一応謙遜の辞退と解される。

「風邪を引いていて声が出ませんから」

これはよろしい。私も時々利用する。しかしそういつも風邪を引いているものはない。結局、

三度に二度までは説きつけられてしまう。会に対しては好意を持っているのだ。悪意を持っていると思われたくない。

さて、それから後である。何を話そうかと思うと落ちつかない。スープを啜《すす》っても味がない。食事中頻りに考えた後、デザート・コースに入る。同難のものが五、六人いる。やがて自分の番が来て立ち上がる。元来話したくないし、話すこともないのだから、意気があがらない。とにかく五、六分しゃべる。終わると皆が手を叩いてくれる。それが侮りのように聞こえる。責任を果たしたものの、どんな拙い話をしたかは自分が一番よく知っている。帰途は晴れやかでない。あすこでああ言えばよかったなどと翌日も考える。後味《あとあじ》の悪いものだ。

初めに打ち合わせのあるのが通則だけれど、会によっては前触れなしに突如指名されることがある。これはたしかに人権の蹂躙《じゅうりん》だと思う。

「突然のご指名を受けまして……」

と受難者は満場の拍手の裡にヨロヨロしながら立ち上がる。突然だからむろん話すことがない。アルコール分も多少入っている。

「私は、私は、今晩皆様にお目にかかりまして……」

と考え考え五、六分しどろもどろにつづけて行く。自分の一番悪い状態を公開する立場に置かれるのである。これでも家へ帰れば立派なご主人だ。もし奥さんがこのていたらくを見ていたら、家で威張っていても外へ出ると全く駄目な人だと思うだろう。ご本人も当夜の醜態を思い出して、数日寝覚めが悪かろう。

禍なるかな、テーブル・スピーチ！　これは不可抗力として受くべきものでない。外国でも心ある人は気がついている。一外国大使がロンドン市長に向かってこう言ったそうだ。

「私は英国の人達が二つの階級にわかれているように思います。一方はいつも陽気に見えますが、もう一方は悲しそうでいつも考え込んでいます」

市長はしばし首を傾けた後、思い当たって、

「わかりました。悲しそうな顔をしているのは、宴会のあとでスピーチをやることになっているお客さん達です。陽気な方はスピーチをやらないお客さん達です」

と答えた。

英国人自身もこれを認めていると見えて、外国人からそういう注意を受けると反省する。有名な一貴族がある席上でこう語っている。

「これはフランスの友人が私に話したのですが、我々英国人が徹底的に楽しむのは宴会だそうです。しかしその後が少し皮肉です。英国の人たちはその折一人のお客さんにスピーチをやらなければならないように仕向けて、その人を不幸にすると同時に、他の人たちにそのため退屈させるのをこの上ない喜びとしているようです」

これは正に日本の宴会にもあてはまる。スピーチをする方も辛いが、聞かされる方も辛い。そうして後者は大多数だから、その辺も察してやらなければならない。

有名な探偵小説家の Conan Doyle も食後のスピーチを頼まれて困ったらしい。彼は必ず、「雄弁な座長さんは天眼通と見えて、私の話そうと考えていたことをすっかりお話し下さいました。文章を書く場合、私は重複ということを最も恐れます、そこで重複を避けるために、私はもう何も申しません」

それで坐ってしまうのだそうだ。これも一法である。Conan Doyle は逃げることを専ら研究していたと見えて、友人 Dean Hole の鮮かな逃げぶりを称揚している。ある会で座長が長く話した後、

「これから Dean Hole が彼の address をお与えになります」

と紹介した。ここで address はスピーチの意味である。しかし Dean は、

「私の address (住所) は Rochester の Deanery (Dean 住宅) です。私はすぐにそれへ帰ります。諸君、さよなら」

とこれは真に当意即妙だ。うまく逃げた上に大喝采を博したことだろう。

食後演説はたいていの人がやりたくない。又聞きたくない。しかしたいていの人がやらされるし、又聞かせられる。どうしたものだろう。構うことはないから、デザート・コースに入り次第、

手洗いに行くふうをして帰ってしまえと教えてくれた人もある。しかしそれでは信義上少々後ろ暗い。

あるアメリカ人が食後のスピーチを簡単に果たす法を発明した。指名を受けたら立ち上がって、重々しく語り出す。

「諸君、中国に一つの問題があります。曰く、千万円の財産を持っている人と九人の娘を持っている人がありますが、どっちが幸福でしょうかというのです。答えは九人の娘を持つ人です。何となれば、富は益〻多きを望みますが、九人の娘を持つ人はもう満ち足りています。私も唯今は九人娘の親と同じことで満ち足りて何の申し分もありませんから、これで坐らせて戴きます」

そのまま坐ると拍手喝采受合だというのである。テーブル・スピーチに悩む人はこれを利用したらどうだろうか？　数回やれば知れ渡って、司会者も考える。あれは九人娘だからと思って、指名を差し控えるようになる。

# 心の歴史

## まえがき

私は会社の社長を勤める一方、代議士をやっていたが、追放令に該当《がいとう》して引退した。これについて毛頭異存《もうとういぞん》はない。戦争には反対だったけれど、おっ始《ぱじ》まった以上は勝たなければ困ると思って、及ぶ限り協力したのである。勝てば官軍だ。まして此方に正義のない戦争だった。負ければ大きな灸《きゅう》をすえられるのが当《あた》り前《まえ》だ。

公人として廃人になった私は郷里へ帰臥《きが》して、悠々自適《ゆうゆうじてき》している。何方《どっち》にしても、もう引っ込む年輩に達しているから、聊《いささ》かも遺憾がない。晴耕雨読《せいこううどく》というところだが、元来《がんらい》無精者で、鋤鍬を握ることは真平《まっぴら》だ。

冒頭に断《ことわ》って置く。私は独身者《どくしんもの》だ。一遍《ぺん》も結婚したことがない。日本では私のような存在は異様の注意を惹《ひ》くと見えて、私には独身社長独身代議士の称があった。そんな関係で私の姓名が大衆雑誌の珍物大番附《ちんぶつおおばんづけ》というのに載ったこともある。

会社では私を文学老年とか丸善《まるぜん》社長とかと呼んでいた。追々経歴を紹介するから分るだろうが、私は教師から実務家へ転向したものだ。アメリカまで勉強に行った専門は英文学である。故郷はやはり忘《ぼう》じ難《がた》い。実際文学老年だ。戦争前は丸善へ会社の自動車を乗りつけて、英米の新刊書を漁《あさ》るのが、一つの道楽だった。私は丸尾《まるお》善《ぜん》三郎《ろう》だから、唯さえ丸善社長に相違ない。

読書には音読黙読つんどくというのがあるそうだが、私は買って来た本を単に積んで置く場合も多かった。社長は社員よりも忙しい。待合で折衝《せっしょう》するから、夜の時間に乏しい。それに書物というものは、手に入れた時直ぐに読み始めないと、ついそのまゝになってしまう。私の書斎には読まずじまいの本が沢山あった。東京の家は焼けたけれど、母屋《おもや》から少し離して建てた書斎が助かったのは有難い。悠々自適の身になって、買溜めの書籍が今更役に立つ。

英米では自叙伝を書くことが年来《ねんらい》流行《はや》っている。大商店の主人、ホテルの持主、会社の社長、サーカスの親方、映画のスター、といった具合に、文筆に縁のないものまでが兎に角梯子の天辺《てっぺん》へ登りつめたと思うと、自己を語りたくなって、思い出を書く。偉人伝と違って、お互と同格の平凡人の伝記だから、読んで共鳴するところが多い。人を使う上の参考にもと思って、私はそういう種類の書物を可なり集めていた。退屈しのぎの読物には最もよろしい。

「叔父さんはいつも御勉強ですな」

と甥が感心するくらい読み耽《ふけ》る。

甥の清《きよし》は長兄の独り息子で、丸尾家の当主だ。夫婦と子供数名の家庭だけれど、屋台骨《やたいぼね》が大きいから、私は少しも迷惑しない。私のために女中を雇ってもらって、離れ座敷に納まっている。

清は以前東京遊学中、私の家にいたから、馴染《なじみ》が深い。私の性分《しょうぶん》をよく理解しているからお互に都合が好い。しかし、私の独身生活に疑問を持っていると見えて、世間話の間にチョク〳〵探《さぐ》りを入れる。

「叔父さんは審美眼《しんびがん》が高いんでしょうね？」

「何故？」

「注文が多くて満足しないからでしょう？」

「満足しないから何だ？」

「さあ。ハッハ、、」

「一生独身でいるというのかい？」

「先ずその辺です。標準が高いから、絶世の美人でないと満足しません。その上に実用価値も考えますから」

「何あに、それは女が気に入らないんじゃない。寧《むし》ろそのアベコベさ」

「どういう意味ですか？」

「日本中の女に嫌われてしまって今日《こんにち》あるのさ」

「御冗談でしょう。叔父さんぐらいなら、どこの馬匹共進会《ばひつきょうしんかい》へ出しても引けを取りませんよ」

「ひどいことを言う」

「本当です。堂々たるものです」

ちょっとこんな具合だ。注文がむずかしくて貰い後《おく》れたという解釈らしい。

また或時、

「叔父さん、これは母から聞いたんですけれど」

と前置をして、私の気色《きしょく》を伺いながら、

「叔父さんは相良《さがら》の叔母さんと仲が好かったそうですな。分家《ぶんけ》から相良へ嫁《かたづ》いたお光《みつ》叔母さんです」

「うむ。従兄妹同志だったから」

「叔母さんも叔父さんが好きだったんでしょう?」

「それは分らない。おれは嫌われる名人だから」

「いゝえ、僕、この間《あいだ》思い出したんです。学生時代に東京から帰って来ると、叔母さんは叔父さんのことをよく訊いたものです」

「何て?」

「叔父さんは大変成功しているんですってねって。もう重役になっていた頃でした。それからくれぐ〵も宜しくって、熱情をこめて言うんです」

「幼な馴染だからさ。元来情愛《アッフェクショネート》的の人だったから」

「叔父さんも叔母さんのことをお訊きになりましたよ」

「おれが？」

「えゝ。僕が故郷《くに》の報告をしていると、そう〳〵、相良《さがら》の叔母さんは元気だったかいって、思い出したようにお訊きになりました。僕も思い出して、そう〳〵、くれ〴〵も宜しくと仰有いましたと言うんでした」

「それは相良の叔母さんに限るまい。他《ほか》の人のことも訊いたろう？」

「お訊きになりました。しかしどうしてこんなに相良の叔母さんのことを訊くのだろうと思った記憶があります」

「それは弱いことを知っていたからだろう。五十そこ〳〵で死ぬくらいだから」

「叔父さんと幾つ違いでしたか？」

「四つ下だったと思う」

「三つ違いじゃなかったですか？」

と清め、執拗《しつよう》に食い下《さが》って来る。

「五つ違いだったかも知れない」

「お忘れになる筈はありません。僕は刑事なら直ぐにふん縛っても宜《い》いくらいの証拠を握っています」

「現の証拠か？　何処で転んだ？」

と私はからかってやった。

「馬鹿にしちゃいけません。叔父さんはこの間僕の作った菊を褒めて、少し折ってくれと仰有ったでしょう？」

「うむ」

「あれから間もなくお彼岸でしたから、僕はお墓参りに行ったんです。家《うち》の墓へ行くには相良の墓の側を通ります。あの菊の花がお光叔母さんのお墓に、チャンと上げてありましたよ。どうですか？叔父さん」

「ハッハ、、、」

清は今度は私が従妹に失恋して、大悟《たいご》一番《ばん》、独身でいるのだと解釈したのだった。しかし三年一緒にいて私の生活をよく知っているから、直ぐにまた考え直した。私は中学生を二人引受けている。何方《どっち》も私に尽してくれた部下の遺児だ。月五十円宛《ずつ》だったが、物価が十倍も二十倍にもなった昨今、百五十円で辛抱してもらっている。金融が窮屈になって以来、この仕送りに大骨《おおぼね》を折る。清が銀行に勤めているから、相談したこともある。清は私の苦心を思い合せて、この二人の中学生を私の隠《かく》し子《ご》だと結論したのらしい。婉曲《えんきょく》に持ちかけて来る。

「叔父さんは行くところとして可ならざるはなしですな」

「今度は行くところとして不可ならざるはなしになってしまったよ」

「それは仕方ありませんが、先生から実業界、実業界から政治界です。皆立派にやったんですから多角的です」

「しかし矢っ張り先生でいれば宜かったと思う。教員時代が一番面白かった」

「しかし先生は自由が利《き》かないでしょう」

と言って、清は何のためか指折り数えていた。

「金の自由は利かないが、好きなことを研究していられるんだから、贅沢は言えない」

「英文学はそんなに面白いですか？」

「何といっても、世界一の文学だからな」

「英文学には随分恋愛が取扱ってあるようですから、英文学者には自由恋愛をするものが多いでしょう」

「英文学を書いた人間と英文学者は違う。此方は内容を研究したり批判したりする学問人だから地味なものさ」

「しかし研究している内容から刺戟を受ける筈です」

「そんなことはない。精神病を専門に研究している医者、必ずしも狂人《きちがい》にならないじゃないか？」

と私は突っ込んでやった。

清は詰まったが、そのまゝ英文学を話題にした。経済科出身だけれど、高等学校の英語で多少英文学を覗《のぞ》いている。

「バイロンなんかは随分恋愛をやったようです」

「うむ。バイロンは十五の時からやっている。天才は早熟だ。それに貴公子で好男子だったからね。

お互十把一《ぱひと》からげの人間とは違う。女を追い廻すということがあるが、バイロンは一生女に追い廻された」

「シェレーも相当でしょう？」

「詩人は皆熱情家だから仕方がない」

「シェキスピヤはどうでしょう？　あれは謹厳らしい顔をしています」

「何あに、初めから頭が禿げていたんじゃない。十九か二十《はたち》の時、十も上の女と恋に落ちて、確か子供が出来てから結婚している。大戯曲家《グレート・ドラマチスト》も案外分別のないものだ。年上の女房に焼餅《やきもち》を焼かれて、一生苦しんだらしい」

「年上の女房といえば、何とかいう人がありましたね。豪《えら》い人です。僕はその人の本を高等学校で習いました。ラセラス、ラセラス」

「ジョンソンだ。ジョンソンは大道徳者《グレート・モラリスト》と呼ばれたくらいだから、立派なものさ。おれはジョンソンを師表《しひょう》として仰いでいる」

と私はそれとなく立場を主張して置いた。

「ハイネなぞは恋愛詩人という看板をかけています」

と清は何処までも恋愛へ持って行く。

「あれはドイツ人だよ」

「あゝ、そうでした。ドイツ人といえばゲーテも相当なものだったでしょう？」

「ゲーテは定評がある。世界一のチャンピヨンだ。ゲーテの一生はロマンスの一生だったと言っても宜《よ》かろう」

「独身だったから、無理もありません」

「いや、ゲーテは結婚している」

「独身でしょう」

「いや、五十幾つかで結婚しているが、夫人が亡くなってから又始めたようだ。ゲーテの標語は『美から美へ』というのだから、ちっとも凝《じ》っとしていられない。一生を通じて、愛人が二三十人あったろう。豪い男だ」

「共鳴しますか？」

「これはうっかり喋《しゃべ》れない。現の証拠を握られる。ハッハハ、」

清は私の上機嫌を見済ましてます〳〵迫って来る。

「時に叔父さん、僕がお世話になっていた頃、綺麗な女流声楽家が度々訪ねて来ましたね。安井信子《やすいのぶこ》という声楽家が」

「安井信子か？　覚えている」

「あの人は叔父さんの御援助であれだけになったという評判でした」

「おれ一人じゃない。美人なものだから、おれ達不良老年が束になって後援したのさ。早いものだな。おれが一番の若役で後援会の幹事を引受けていた」

「この頃一向名《こう》を聞きませんね」

「どうしたかね？　そう言えば、一向名を聞かない」

「不良老年の第二号にでもなっているんじゃないでしょうか？」

「いや、結婚した。以来人気が落ちたらしい。そう〳〵、日華事変の頃、現地へ慰問に行くと言って、暇乞《いとまご》いに寄ったことがあるから、兎に角今でも何かやっているんだろう」

「もう一人築地《つきじ》の待合の女将《おかみ》が時々やって来ましたね。あれも綺麗な人でした」

「あれは月々勘定を取りながらお礼に来たんだ。しきりに女性の詮索《せんさく》をするんだね」

「そういう訳でもありませんが、安井さんから連想したんです。あの二人が偶然客間で落ち会ったことがあります。女中がそう言って注進してくれたから、僕は覗きに行きました」

「告白したな」

「何方も評判の美人でしたから、興味があったんです」

「お前も相当なものだったろう。おれが忙しくて監督が届かなかったから、清が学生時代に仕出来《しでか》したことについては、何処から何を言って来ても責任を負わないと文子《ふみこ》に話してある」

「厭《いや》ですよ。叔父さん」

「お前がカフェーから馬を引いて来たことも文子は知っているよ」

「いけませんよ、叔父さん」

「十何年も前のことで時効《じこう》にかゝっているから、何を話しても構わない」

「子供の教育上困ります」

と清は返り討ちを食いそうになった。

凡人の自叙伝を耽読《たんどく》して、私も食指が動き始めた。凡人競争なら、この連中に負けない自信がある。一つ経歴を書いて見ようかと思いついたところへ、清の詮索が刺戟になった。

英米の凡人達は狡《ずる》い。幾多の失敗を赤裸々に書き立てゝ人間味を発露しているけれど、結婚や家庭のことになると、すべてが成功だ。賢妻に連れ添って家庭円満だ。自分の今日《こんにち》あるは半ば以上女房のお蔭だと言っている。十中八九この書を我が一生の伴侶なるメリーに捧ぐとかマーガレットに捧ぐとかと麗々《れいれい》しい献辞《けんじ》を巻頭に掲げている。女房とのロマンスには触れているが、如何にも運命の神さまが世の創《はじ》めから定めて置いてくれた配遇に第一回の試みで繞《めぐ》り合ったように書いてある。ロマンスはそれまでに幾つもあった筈だ。その後と雖も、ないとは限らない。凡人ほど煩悩《ぼんのう》が多い訳だけれど、その方面については一切緘黙《かんもく》を守っている。女房が怖いのだ。

「おれなら何でも書けるのにな。この連中の書けないところが書ける」

独身者《どくしんもの》の私はこの点掣肘《せいちゅう》されるところがない。

参考の為めに、少し豪い人の自叙伝を読みたいと思って、彼方此方探したが、考えて見ると、豪い人には自叙伝が尠《すく》い。専門家が書いてくれるから、自ら筆を執る必要はないのだろう。フランクリンのがあった筈だが、見つからない。雑然と積んである中を漁《あさ》っていたら、崩れ落ちて足の甲を痛いくらい打ったものがあった。ゲーテの伝だった。

「恋愛のチャンピョンか？」

と私は呟《つぶや》いた。清との談話がまだ頭の中に残っていた。読んで見る気になって、その机辺《きへん》へ戻った。私の占領している離れ座敷は八畳二間だ。一間を書庫に使っている。運べるだけ運んで来て、積めるだけ積んである。これが天にも地にも自分の手に残った動産だと思うと感慨無量だ。

「叔父さんは書画がお好きだったのに、皆焼いてしまって、淋しいでしょう」

と言って、清は時々床の間の掛物を更《か》えてくれる。ナカナカ気のつく男だ。文子が花を生けてくれる。

「叔父さんこの菊がお好きのようですから」

と昨今毎回例の菊を使うのには、内兜《うちかぶと》を見透《みす》かされたような心持がする。夫婦して敗残の叔父を慰めてくれるのは有難い。長兄も次兄も相果てた今日、私は丸尾一統の長老だ。親と思って、かしずいてくれる。

清は銀行から帰って夕食が済むと、私のところへやって来て話し込む。年は親子ほど違うけれど、その隔りを感じない。叔父は未婚で、甥は四人の子持ちだ。おれの方のはまだ後進とまでも行っていないんだからと申し聞かせてある。子供も私を叔父さんと呼ぶ。

「お祖父さんと仰有い」

と文子が注意したが、私は不服だった。

「叔父さんで宜い」

「でも、私達も叔父さんですから、大叔父さんが本当でしょう？」

「年寄じみて困る。唯の叔父さんで結構だ」

「それじゃそうさせて戴きましょう」

「お兄さんはどうだろう？」

「随分ね」

と文子は笑っていた。

ある晩、清は机上の書物に目をつけて、

「叔父さん、それはゲーテの伝ですね」

と言って、手を伸ばした。

「うむ。この間の話から思いついて読んでいる。ゲーテにも自叙伝のようなものがあるんだけれど、これは違う。しかし面白いよ」

「僕も一つ昔の英語の錆《さび》を落して、何か読んで見ましょうか？」

「何でも持って行って読んで御覧。英語は得意の方だったじゃないか？」

「はあ。経済書なら読めます」

「人間、経済書を読むばかりが能じゃない」

「しかし文学ばかりの世の中でもないでしょう」

「いや文化というのは広い意味の文学が世の中に普及した状態だ。経済学も哲学も自然科学も大局から見れば、文学の一部門に外ならない」

「すると文学者が一番豪いってことになりますな」

「そうさ。何といっても、人類を代表するものは文学者だからな。例《たと》えば、他の遊星と交渉が始まった場合、政治家や経済学者が出ても間に合わない。科学者も駄目だ。地球の人類とその生活を伝えることの出来るのは結局文学者だけだろう」

「叔父さんの法螺《ほら》は構想雄大ですから、煙《けむ》に捲かれてしまいます」

「法螺じゃない。事実だ。文学者のゲーテは永久にドイツを代表する。仮りにドイツが亡びても、ゲーテは永久に残る。千年たって見ろ。カイゼルやヒットラーは人名辞書を虫眼鏡で探さないと分らなくなるが、ゲーテはシェキスピヤと共に優に一頁を占《し》めているだろう」

清は私の言うことは上《うわ》の空《そら》に頁をはぐりながら、

「成程。立派な人ですな、ゲーテは」

と肖像画に見入った。

「男振りが飛び切り好い上に天才で貴族だから、牽引力《けんいんりょく》が強かったんだろう。結婚までに十数名の女性とロマンスをやっている。棄てたり棄てられたりだから数が多くなる。ある女性には千通の手紙を書いたというのだから熱心なものだ。常に競争者がある。ゲーテの競争者でなくて、愛人の方の競争者だ」

「凄《すさ》まじい人気《にんき》ですな」

「身辺多端《しんぺんたたん》だったろうに、あれだけの傑作を残しているんだから、精力絶倫だったに相違ない。五十八で結婚して、十年間は閑散のようだったが、十年たって夫人が亡くなると、又始めた。七十四でフロイライン何とかというのと恋に落ちている。相手も真剣だった。フロイラインというからには令嬢に相違ない。ゲーテは七十四でこのフロイラインと結婚する気だったから、何処までも気が若い」

「驚いたものですな。七十四というと叔父さんよりも十多いじゃありませんか？」

「それだからおれもまだ〳〵前途有望だと思っている」

「本当です。老い込む必要はありません」

「しかしゲーテは結婚しなかった。友達の忠告もあり、流石《さすが》に世間体《せけんてい》を考えたのだろう。思い止まって別れたが、その後がまた一人ある」

「へゝえ」

「これも相手が熱狂的愛情を捧げたと書いてある」

「ところで叔父さん」

「何だ？」

「ゲーテに較べると、叔父さんはこれからでも晩婚じゃありません。一つ決心をして、お貰いになっちゃ如何《いかが》ですか？」

「ハッハ、、」

「冗談じゃありません」

「候補者があるのかい？」

「御決心がつけば探しましょう」

「仲人結婚《なこうどけっこん》は御免だ。ロマンスで行きたい」

「ハッハ、、。まるで青年ですな」

　と清は呆れたようだった。

　英米の先輩を真似て、貧弱な経歴を書いて見たいと思っていた矢先、私はゲーテのロマンス生活から暗示を受けた。私にも幾つかのロマンスがある。青春から今日までの心の歴史がある。凡人ほど煩悩に囚《とら》われる。資材至って豊富の積りだ。英米の先輩は公生活に重点を置いて、私生活の方は甚だお坐なりに片付けているが、私はその反対を行こうと思う。心の歴史を主眼として書く。独身者だから誰憚《はばか》るところがない。

　幸い私は英文学が専門だ。殊に詩より散文の興味を持って、小説を余計読んでいるから、ズブの素人ではない。創作の経験はないが、評論は講義でやっていたのである。考えて見ると、小説は大抵心の歴史だ。凡人の煩悩を取扱う。英国最初の小説フィルデングのトム・ジョーンズが範を垂れている。近代の巨匠トマス・ハーデーのジュダ・ザ・オブスキュアーも徹頭徹尾《てっとうてつび》主人公凡人ジュダの心の歴史である。専門家の向うを張るのではないが、私は追放令によって与えられた閑日月を利用して、私の心の歴史を書いて見る。

## 人生愚挙多し

私は過去を顧みて、若《も》しもということを考える。あの時、若しもあゝでなかったら、現在の自分はこうでなくて、全然違った境遇にいるだろうという想像だ。

追放令にしても、私はちょっとのことで引っかゝっている。社長といっても、問題になるような大会社の社長でない。若しあの時旅行して東京にいなかったら、あの会の委員にならなかったに定《きま》っているから、無事だったのである。その折大病をして面会謝絶中だった友人は私よりも有力な地位にいながら、お咎《とが》めを蒙らずに済んでいる。会へ出たにしても、若し私が……いや、今更そんなことを考えても始まらないと思うけれど、時々考えるのである。

種々《いろいろ》の若しもがある。その中、若しも私が生れて来なかったらという若しもが一番大きな若しもだろう。生れて来なければ存在がないのだから、煩悩も何もない。心の歴史を書く必要もない。そう悟ってしまえば一番早いのだが、凡人は何処までも凡人だ。

私の父が私の母と結婚しなかったらという若しもある。これは二番の大きな若しもだ。他《ほか》の婦人を貰っていたら、私は生れなかったかも知れない。生れるにしても、現在と違った素質を持って時間的にも違った誕生をしていたに相違ない。

しかしこういう若しもは空想の若しもだ。人為《じんい》をもって如何《いかん》ともし難い。足が地面についている若しもでなければ話にならない。これにも種々の若しもが考えられるが、若しも中学三年生の時に放校を命じられなかったらという若しもは、私の一生《しょう》に根本的転機を与えているから、最も大きな若しもだと思われる。若し郷里《くに》の中学校を無事に卒業していたら、私は高等学校を志望して帝大の法科へ進んでいたに相違ない。五十年前の日本は絶対に官僚万能《かんりょうばんのう》だった。民主主義の看板をかけた昨今でも、官尊民卑《かんそんみんぴ》の迷霧《めいむ》は未《いま》だに日本人大多数の潜在意識を曇らせている。まして官吏を官員様《かんいんさま》と呼んだ時代だったから、私は恐らく高等文官試験を通過して、官途についたろうと思う。廻り合せによっては、官僚として一廉《ひとかど》の出世をして、A級の戦争犯罪人になっていたかも知れない。

バイロンは十五歳で恋愛に陥っている。私は十五歳で恋文《ラブレター》を書いて女学生に送ったのである。西洋の十五は満だけれど、日本の十五は数え年だから、私は早熟の点に於て英国の詩人を凌《しの》ぐ。彼方《あちら》では満十四歳を分別年齢と称して、十四歳からは法律上責任がある。私は十四歳と何カ月だったから、責任を問われたことに異存はないが、放校はひどい。十五歳の中学生が十五歳の女学生に結婚を申込んだところで物になるものではない。一寸《ちょっと》の出来心《できごころ》だ。それも袂に窃《そ》っと入れたのでない。二銭切手を貼って、郵便という国家の公器を通して正々堂々と発送したのである。此方《こっち》は秀才、先方《むこう》は才媛、必ず将来の約束が纏まると真面目《まじめ》に考えたので、青春の目覚めに起り勝ちの愚挙に外ならない。人生愚挙多《じんせいぐきょおお》し。これが私の第一回の愚挙だった。

この際教育家としては心得違いを懇々《こんこん》と戒《いまし》めて、再び軌道を踏み外《はず》さないように指導するのが本分だろう。然るに校長は何等の訓諭もなく、直ちに私を放校に処したのである。懸想《けそう》の相手は県会議員の娘だった。親父が手紙を開封して、学校へ呶鳴り込んだから、校長は一も二もなかった。県会議員に睨まれると、県立中学校長は地位が危い。一方私の父は銀行の支配人だったが、公職に関係していなかったから、睨みが利かない。校長のところへ謝罪に行ったけれど、受けつけて貰えなかった。

好い親不孝だった。母は泣いた。これが辛かった。父は結局校長よりも立派な教育家だった。

「善三郎、おれは何も言わない。お母さんもお前を堪忍する。お前も根からの馬鹿じゃないんだから、おれ達の心持が分っている筈だ。今度のことは皆忘れてしまえ」

「はあ」

「お前は幸介《こうすけ》に撲られたが、恨んじゃならない」

「僕が悪いんですから、仕方ありません」

「おれはもうお前を学校へやるまいと思ったが、幸介と恒二郎《つねじろう》が側を離れないで頼むから考え直した。世の中は広い。東京の学校へ行って、何もかも忘れて勉強しろ」

「…………」

「泣かなくても宜い」

僕は泣き出したのだった。

「善三郎、仇《かたき》はおれが打ってやる。月夜の晩ばかりはない」

と恒二郎兄貴が言った。

「兄弟揃って馬鹿なことをしちゃ困るよ」

と父が窘《たしな》めた。

「見つからないようにやりますから」

「宜いよ。おれ達が排斥運動を起してやる」

と幸介兄貴も身贔屓《みびいき》が強い。最初私を撲ったのは一時の癇癪に過ぎなかった。長兄幸介は数年前に卒業して、銀行に勤めていた。次兄恒二郎は五年級在学中だった。剽悍《ひょうかん》の性質で、私の事件以来いきり立って、校長に暗討《やみうち》を食わせると言っていた。私の級担任のところへ毎日懇願に行って、教諭一同は私に同情しているが、校長が一人で頑張ったということを知ったのである。

私も悪かったに相違ないが、校長も確かに公明正大を欠いた。処罰の苛酷は教育の為めでなく、保身《ほしん》が動機だった。恒二郎兄貴は暗討を思い止まったが、国家の司直が仇討《かたきうち》をしてくれたのでも、可なり好い加減な人間だったことが分る。数年後教科書事件という疑獄が起って、校長が連坐したのである。教科書屋から賄賂《わいろ》を取ったのだった。三カ月だったか、六カ月だったか、兎に角有罪の判決を受けて、教育界から消えてしまった。大きな疑獄で中学校師範学校の校長が数十名と文部次官まで引っかゝっていたから、新聞が書き立てた。その折恒二郎兄貴は手紙の中に金一円の小為替を封じて寄越した。これでお前の名前で校長に差入物《さしいれもの》をしてやれば、恨に酬ゆるに徳をもってするものだから、立派な仇討になるというのだった。

こんな事情で、郷里《くに》を追われて東京へ出た私は、五十年後又東京を追われて、郷里へ帰ったのである。無論その間度々帰省した。しかし、今度は永久だ。故郷はやっぱり好い。親類も多いし、旧友の

生き残りが訪ねて来てくれる。時折思いがけない昔馴染《なじみ》に会う。先頃駅から俥に乗ったら、

「あんたは丸尾の善三郎さんじゃあるまいか？」

と車夫《しゃふ》が走りながら言った。

「そうだよ、君は誰だ？」

「俺は小学校で一緒だった三木の亀太郎ですよ」

「ふうむ？　亀ちゃんか？　これは驚いた」

「どうも善ちゃんだと思いました」

「久しぶりだなあ。久しぶりも久しぶり、五十何年ぶりだもの、分らないのも無理はない。達者で結構だね」

「余り結構でもありません。息子に戦死されて、孫を養う為め、今更こんなことを始めました。年を取ると骨が折れます」

「それは気の毒だな」

「もう一人帰って来ないのがあるんですよ。あんたのところは皆無事だったかね？」

「僕は一人だ」

「やっぱり南方で？」

「いや、僕は独り者だ。女房もなければ子供もない」

「はてね」

元来狭い土地だ。出歩くと必ず知った顔に会う。或時、歯を痛めたから、中学校で一級下だった歯科医のところへ出かけたが、これとは帰来まだ旧交を温めていない。いきなり顔を見せて吃驚《びっくり》させてやろうと思って、電話もかけずに行ったのだった。待合室へ通ったら、先着は婆さん一人だった。大きな眼鏡をかけて、新聞を読んでいた。私も待たせられる覚悟で、読みかけの本を懐《ふとこ》ろに入れて来た。雨が降り続いていたから、

「よく降りますね」

と社交的努力をして席についた。婆さんは口をモグ〳〵させるばかりだった。総入歯修繕中と見えた。私は本を読み始めた。ナカ〳〵待たせる。

「長いなあ」

と呟いたら、婆さんは歯のない口で多大の努力をしながら、先生は外出中らしいという意味を伝えてくれた。そこへ又一人の患者が来た。それから先生が帰って来た。

「やあ。これは〳〵」

と直ぐに私を認めた。五十年ぶりではない。精々十年ぶりだろう。早速二階の治療室へ請《しょう》じられたが、私は婆さんの方が先着だと言った。友人は婆さんに取りかゝりながら久濶《きゅうかつ》を叙した。亀太郎君のところと違って、こゝは二人引っ張られて二人とも無事に帰って来て、兄貴の方が助手をしている。五六年前に自家出火で焼けたけれど、物のある頃だったから、新築して器械も新しくしたのが今となると大仕合《おおしあわ》せだと言った。すべて廻り合せが好い。私は追われて郷里を出て又追われて郷里へ帰って

来た運命を述懐した。その中に婆さんは総入歯が入って、口をきゝ始めた。椅子から下りると、改まって私にも一礼して出て行った。

「君、今の婆さんと待合室で話したのかい？」

と友人が訊いた。

「いや、一向」

友人は廊下へ出て、婆さんが階段を下り切ったことを確めて来て、腹を抱えて笑い出した。

「何だ？」

「あれだよ、君が恋文《ラブレター》を送ったのは」

「えゝ？　あれが尾崎《おざき》の清子《きよこ》さんか？」

「そうさ。もう未亡人だ。僕は悉皆《すつかり》忘れていたが、入歯を合せながら君と話をしていて、急に思い出したんだよ。そうしたら、可笑しくて」

「これは驚いた。ふうむ」

「先方《むこう》も気がついたんだよ、屹度《きつと》。丁寧にお辞儀をして行ったもの」

「あれだけ話せば身許《みもと》が分る。しかしひどい婆さんになったものだな」

「佳人《かじん》も年には勝てない」

「それにしても幻滅だ」

「ところで歯は痛むのかい？」

「いや、欠けたんだ」

「やっぱり年だ。見てやろう」

「驚いたなあ。あれが清子さんか？」

　と私は五十年昔を頭に描きながら治療椅子に坐った。

## 東京へ

　東京へは長兄につれて行って貰った。昨今と違って、汽車に乗るまでに一日歩かなければならなかったし、先方に身寄がなかったから、独り旅は心細い。以前家に出入りしていた勇吉《ゆうきち》という男が芝の白金《しろがね》で洋服屋をやっていたので、そこへ志した。いきなり押しかけたのだったが、勇吉夫妻は大喜びをして迎えてくれた。女房も郷里のものだった。

「勇吉さん、実はこの小僧が失策《しくじり》をして中学校をおん出されたんだよ。中学校なら何処でも宜いから入れて貰いたいと思ってつれて来たんだが、心当りはあるまいか？」

　と兄貴は早速用件を打ち明けた。

「直ぐそこに白金学院《しろがねがくいん》ってのがありますよ。私は生徒さんの制服を引受けて、御覧の通り、白金学院御用という看板を出しています」

と勇吉が答えた。

「中学校だろうね？」

「中学校もその上も又その上もあります。ミッション・スクールです。西洋人が大勢教えています」

兄貴も私もミッション・スクールは初耳《はつみみ》だった。私にはその音韻が如何にも高尚に響いた。

「ミッション・スクールというと？」

「耶蘇《ヤソ》学校です」

「ふうむ。耶蘇でも何でも構わない。入れて貰えさえすれば」

と此方は焦眉《しょうび》の急だった。

「部長さんを知っていますから、一つ訳を話してお願いして見ます」

「放校になって来たと言っちゃ駄目だよ」

「へい。何とか繕います」

「成績は好いんだ」

「英語が好きだからと言いましょう。英語が好きで、西洋人に習いたくて、矢も楯もたまらず、飛び出して来たということにしましょう」

「それが宜い」

実は級担任の先生から神田の某私立中学校の先生へ紹介状を書いて貰って来たのだったが、何分土地不案内だ。上野《うえの》から白金まで一時間も俥に乗って、東京の広さに度肝《どぎも》を抜かれたのだった。その神田の学校を探すのが大変だろうと思った。行ったところで必ず入れて貰えるか何《ど》うか分らない。尚お級担任の先生は余り好い学校じゃないけれどもと言ったのである。兎角引っ込み思案《じあん》になっていたところへミッション・スクールという上等船来らしい学校が直ぐ手近に現れたのだから、私は考えることも何もなかった。

勇吉は小僧を一人使って、小ぢんまりやっていた。夕食に鰻丼と天ぷら蕎麦を取って御馳走してくれた。幾晩でもお宿をするから、ゆっくり東京見物をして帰るようにと兄貴に勧めた。当然郷里の話に花が咲いたが、勇吉は女房ほど郷里を恋しがらない。田舎は世間が狭いから厭《いや》だと言うのだった。

「東京は好いですよ。郷里にいると、首に名札がついているようなもので、何処へ行っても、勇吉々々と呼ばれます。此方じゃ家の敷居を跨げば、もう旦那さんです。『旦那参りましょうか？』と俥屋が言います。郷里では小さな池の中をグル〳〵泳ぎ廻っているようなもので、幾ら足掻《あが》いたって尾鰭《おひれ》がつきません。商売は東京です。腕次第で幾らでも大きくなれます」

「それはそうだ。僕にしても精々の出世があの小さい銀行の頭取だろうから」

「郷里で俺《わし》がこれだけやっていて御覧なさい。勇吉め、どうにかこうにか有りついたと言います。何処までも勇吉です」

「此方では何うだね？」

「勇吉じゃありません。旦那です。あの旦那は下町で大きくやっていたそうだが、焼け出されて来て小さくやっているんだから、お気の毒だと考えて貰えます。まさか郷里を食いつめて来たとは思いません」

「ハッハ、、。しかし言葉で分りはしなかろうか？」

「大丈夫です。一口に東京といっても、この辺は皆田舎漢《いなかもの》の寄合《よりあい》です」

「ところで勇吉さん、いや、これはいけない。洋服屋さん、商売は繁昌だろうね？」

「お蔭さまで、この通り仮縫《かりぬい》が並んでいます。学年初めは目の廻るようです」

「制服ばかりかね？」

「背広でも外套でも何でもやります」

「一つ東京へ来た記念に冬の背広を拵《こしら》えて貰おうか？」

　と兄貴が思いついた。

「背広も結構ですが、フロックコートにしちゃ何うですか？　フロックを一着拵えると一月食えますから」

「何だい？　そんなに儲かるのかい？」

「いや、拵えようによってはそれぐらいのものですから、特別に勉強します。郷里で拵えて御覧なさい。極く当り前ので五十円は取られます」

「君のところは幾らで出来る」

「さあ。上等の地を使いますから」

「上等で幾らだね？」

「さあ。四十七円ということに願いましょうか？　四十七円。四十七士で思いつきました」

「思いついた値段じゃ困るな」

「いや、この直ぐ先が泉岳寺ですから、明日《あした》御案内しようと思っていたんです。五十円のところを義士に因《ちな》んで四十七円に勉強します」

「四十五円のところを義士に因んだんじゃないか！　一月食う算段で」

「冗談じゃありません。三十五円で拵えろと仰有れば、三十五円でも結構見かけの好いものを拵えますよ。その代り直ぐに形が崩れます」

「それじゃ一つ四十七士で飛び切り上等のところを頼む」

「承知しました」

と勇吉は早速見本を持ち出した。二円三円が貴い時代だった。郷里から東京まで百二十里、その汽車賃が三円足らずだったと覚えている。

「勇吉さん、僕があんたに制服を拵えて貰えるようなら占《し》めたものだ」

と私が言った。

「本当だ。フロックよりもそれだ」

と兄貴も真剣になった。

勇吉は簡単だった。西洋人に英語を習いたくて飛び出して来たことにすれば、熱心を買って貰えるから大丈夫成功すると主張した。

「しかし何うして学校をやめて来たと訊《き》かれるでしょう。学年の初めなら兎に角、学期の半ばですから」

　と私はそれを考えると目先が暗くなるのだった。同じ放校でも、友達と喧嘩をしたとか、ストライキの張本人になったとかというのなら、正々堂々だけれど、女の子に恋文《ラブレター》を送ったからですと答えるのは辛《つら》い。

「西洋人に習いたくて、矢も楯もたまらずに退校して来ましたと言えば宜いでしょう」

「矢っ張り正直に告白する方が間違なかろう。転校じゃない。お願い申して入れて貰うんだから」

　と兄貴も私と同じ考えだった。

　翌朝《あくるあさ》、私は勇吉に伴われて、白金学院へ出頭した。

「立派な学院でしょう。あの西洋館には皆西洋人が住んでいます。あれが礼拝堂《チャペル》です。彼方《あっち》が寄宿舎です。田舎の中学校と違うでしょう」

　と勇吉は自分の学校のように自慢した。

「入れて貰いたいものだな」

「大丈夫ですよ」

　中学部長が不在だったので、院長が引見してくれた。勇吉は見知り越しだから、

「院長先生、折り入ってお願いがございます」

　と言って、私を拉《らっ》して院長室へ入ってしまったのだった。

「入学かい？」

と院長が言った。私は年少にして女に迷うくらいだから、相手の風貌に支配される癖がある。院長の恰幅《かっぷく》を見て、これは豪《えら》い人だろうと思った。

「へい。西洋人に習いたい一心で、郷里の中学校をひっぽかして出て参ったもので……」

と勇吉は一生懸命になってやり出した。

「何年だね？」

「三年だそうです。三年に入れて戴きたいもので」

「学期の途中で出て来たには何か訳があるんじゃないかな？」

「いや、西洋人に英語を……」

「君」

と院長は初めて私に話しかけた。

「はあ」

「失礼ながら、君は何か失策《しくじり》をして出て来たんじゃありませんか？」

「はあ。放校処分を受けたものですから」

と私はすべてを告白してお願いする決心だった。

「成績は何《ど》うでした？　二年から三年へ上《あが》る時の」

「優でした」

「席次は?」

「二番でした」

「一年は?」

「矢っ張り優で二番でした」

「それでいて、いきなり放校処分を受けたのですか?」

「はあ、僕はつい出来心で……」

「宜しい。宜しい」

「………」

「そうして学校の方は問合せがあったら、家庭の都合で退学したという返事を出してくれることになっているのでしょう?」

「はあ。その通りです」

と私は覚えず伸び上った。悉《ことごと》く図星《ずぼし》だったから、これは学校というものは日本国中連絡があって、通告が来ているのではあるまいかと思ったのだった。

「君は無論後悔しているのでしょうね?」

「はあ。親に心配をかけて申訳ないと思っています」

「御両親は御丈夫ですか?」

「はあ」

「済んだことは済んだこととして、もう堪忍して貰って出て来たのでしょうな？」

「はあ。何もかも忘れて、東京でやり直せと言うんです」

「一人で来ましたか？」

「兄さんにつれて来て貰いました」

「兄さんはもうお帰りになりましたか？」

「います。昨日来たばかりですから」

「それなら兄さんにお目にかゝって話を定めましょう。決して君を疑うのではないですが、兄さんからも君のことを聞いて置きたいのです」

「入学させて戴けるんですか？」

「させるもさせないもないでしょう。入らなければ、君は見す〳〵困るんでしょう？」

「はあ。何うぞお願い申上ます」

「昼から兄さんと一緒に来給え。洋服屋さん、御苦労でしたね」

と頷《うなず》いて、院長は立ち上った。

その午後、私は兄貴と一緒に行って、入学が叶った。五十年前のことをこう詳しく書き立てるのは、その折の感銘が深かったからである。郷里の中学校長は三年の教え子の私を一朝の出来心の為めに投げ捨てゝ顧みなかったが、白金学院の院長は初対面の私を無条件で拾い上げてくれたのだった。放校と承知していながら、その理由を絶えて訊かなかった。私が告白しようとしたら、「宜しい〳〵」と言って遮《さえぎ》ったのである。何という深い思いやりだろう。私の最も苦にしていた努力を省《はぶ》いてくれたのである。後悔は充分している。それで事が足りている。今更痛いところへ触《さわ》る必要はないと考えてくれたのだろう。私は尚お院長が「失礼ながら、君は……」と言ったことも幾度も思い出した。郷里の先生は誰でも「丸尾、お前は……」と来たものだ。先生が将校で、生徒は兵卒だった。

「勇吉さん、東京は矢っ張り郷里と違いますね」

と私は言った。しかしそれは郷里と東京の違いでなかった。今思うと、官僚教育と民主教育の大きな開きだったのである。

話が飛ぶが、私の入った三年級は二十世紀の第一年に卒業して、以来四十何年、同窓中一番粒の揃った級《クラス》という折紙がついている。大臣が一人出た。銀行の頭取、大学の教授、大小会社の社長、一流の文芸家、現白金学院長という具合で、多士済々《たしせいせい》だ。軍人が一人も出ていないのも面白い。私達の級ばかりでなく、全同窓を通じて殆んど絶無だろう。白金学院はそんな方面を考える余地のないほど民主教育が徹底していたのである。

大臣になった内田《うちだ》君と文芸家として一家を為した荻原《おぎはら》君は四年の時に都下の私立中学校を追われて、学院で拾って貰ったのだった。この二人も身に沁みている。或時、同窓懇話会の席上で、私が松崎《まつざき》院長から受けた恩顧を思い出して話したら、

「おれも荻原もそうだよ。四年の時に正則《せいそく》中学で放校を食って、路頭に迷った。あの時は困ったなあ、荻原」

と内田君が文芸家を見返った。

「うむ、一年や二年なら兎に角、四年となると何処へ行っても入れて貰えない。捨てられた犬のような心境で、雨の降る日に白金学院へ罷《まか》り出たんだ。院長が会ってくれたには驚いた」

と荻原君も感慨を催した。

「有りのまゝを話して、お願いしたら、『何をして来たか知らないが、君達は後悔しているのか？』と訊かれた。僕達も後悔していませんと答えるほど馬鹿じゃない。荻原は後悔して臍を噛《か》んでいますと言ったんだ」

「そんなことは忘れてしまったが、松崎先生の一諾を覚えている。『よし』と来た。『よし。その代り俺《わし》の言うことを聴くか？』『聴きます』『ローズ物を引受けて立派に仕上げるのが本当の教育だ』と言ったね」

「言ったく〳〵。そのローズ物が今日あるというほどの今日でもないが、兎に角今日あるのは松崎先生のお蔭だよ」

「本当だ。おれは一遍多磨墓地へお詣りに行こうと思っている」

「行こうじゃないか？」

「何うだ？　全級揃って行こうじゃないか？」

と発起《ほっき》するものがあって、満場一致だった。しかし一年二年と実行を延期している中に、こういう世の中になって、級友が四散してしまった。大臣になった男も頭取も追放令に引っかゝって、晴耕雨読をやっている。

## ミッション・スクール

教育も心の歴史である。内田君や荻原君の言う通り、私も、今日あるは白金学院のお蔭だと思っている。母校は懐しい。一足飛びに卒業してしまうに忍びない。

辺陬《へんすう》の県立中学校から東京のミッション・スクールへ移った私は、見るもの聞くこと一々新しかった。第一に驚いたのは礼拝《れいはい》だった。毎朝始業の前に、全校生が礼拝堂に集まって、讃美歌を歌い、院長か部長か西洋人が聖書を読んで祈禱をした後、基督《キリスト》教のお説法をする。成程、耶蘇学校だと思ったが、同時に飛んだところへ来てしまったとも考えた。聖書も讃美歌も祈禱も全然初めての私だった。

「善三郎、耶蘇《ヤソ》学校へ入っても、耶蘇にはなるなよ」

と兄貴が別れ際に戒めて行ったのである。

礼拝の外に、聖書が修身の教科書になっているにも驚いた。これは学校で一冊くれた。新約全書だった。当然第一頁を開いて見た。第一章　アブラハムの子、ダビデの子、イエス・キリストの系図。アブラハム、イサクを生み、イサク、ヤコブを生み、ヤコブ、ユダとその兄弟らとを生み、ユダ、タマルによりてパレスとザラを生み、パレス、エスロンを生み、エスロン、アラムを生み、アラム、アミナダブを生み、アミナダブ、ナアソンを生み、ナアソン、サルモンを生み……。

「これなら大丈夫だ。分らない。耶蘇になる心配はない」

と私は思った。

もう一方、寄宿舎生活も初めての経験だった。兄貴が帰って後、すぐに勇吉の家から引移って、二三日は心細かったが、設備に慰められるところがあった。一室三人で、自習室と寝室が別になっている。自習室では一間四方もある大きなテーブルを三人で使う。寝室では寝台《ベッド》に寝る。これが珍らしかった。寄宿舎そのものは四階建ての西洋館で、塔を合せると五階になる。居は気を移すという通り、三階の警察署しか見たことのない田舎ものは五層楼の四階に納まって、頓《とみ》に心丈夫《こころじようぶ》に感じた。

同室三人のうち、室長は五年生、もう一人は同級生だった。その初め、私が郷関《きようかん》を名乗って自己紹介をした時、室長の伊東《いとう》君は、

「ふむ。東北か？　身共《みども》は薩州鹿児島じゃ」

と言って、握手を求めた。

「而も鹿児島一ちの豪傑ですよ」

と同級生の岩崎《いわさき》君が附け加えた。間もなく分ったが、これがこの男唯一の隠し芸だった。この豪傑は後日私の会社で課長として働く運命を持っていた。世の中には趣味の低能児がある。幾つになっても、小学校で習った楷書を書いて、草書を書く工夫をしない。伊東君は正にその標本だった。宴会があると、必ず威儀を正して、

「ソモ〳〵身共は薩州鹿児島、而も鹿児島一ちの豪傑……」

とやり出す。私は幾度聞かされたか知れない。可もなく不可もなく停年まで勤めて、薩州鹿児島へ帰って行った。

高橋《たかはし》君は茨城県だったか栃木県だったか忘れてしまったが、伊東君と違って、秀才タイプだった。私は入学当初同君から指導を受けるところが多かった。特待生で級長をやっていた。或晩、私は高橋君が寝台の側に跪《ひざまず》いて、額に手を当てゝいるのを見かけたから、

「君、頭痛がするんですか？」

と訊いて見た。返辞がない。

「お祈りをしているんだよ」

と伊東君が教えてくれた。

「あゝ、そうですか？」

「君は信者じゃないんだね」

「えゝ、あなたは？」

「僕も未信者だ」

「信者にならなくてもいゝんでしょうね？」

「信仰は自由だよ」

「しかし信者の方が多いでしょう？　この学校は」

「いや、未信者の方が多い。寄宿舎には高橋君のような牧師の子も来ているけれど、通学生は大抵未信者だ」

少時《しばらく》して祈りを終った高橋君が、

「伊東さん、未信者という言葉を使い出したのは進歩ですよ」

と言った。

「何故？」

「未だ信じない者という言葉の裏にはこれから信じる者という意味があるでしょう？」

「大丈夫だ。金城鉄壁だ」

「僕は祈って、金城鉄壁を落します」

「君のお祈りも怪しいものだよ」

「何故ですか？」

「祈りながら僕達の話を聞いていたじゃないか？」

と伊東君が突込んだ。私は金城鉄壁が嬉しかった。信者にならない決心の同類があると思って安心した。好い学校だけれど、耶蘇学校だから困るという頭が始終あった。

更生一新して名誉を回復するつもりだったから、差当りは大いに勉強した。英語が好きなのも好都合だった。殊に西洋人の授業が珍らしくて、分らないながらも興味を持った。ミス・メリー・ウェーンライトという明眸皓歯《めいぼうこうし》のブロンド美人が一週に二回会話を教えてくれた。西洋の女は綺麗なものだと思って、私は凝っと見惚《みと》れていることが多かった。

「好いなあ！」

と隣席の奴も時々嘆声を発したところを見ると、不逞漢《ふていかん》は私ばかりでなかったろう。ミス・メリーが差支える場合は瓜二つの妹のミス・ジェーンが代ってくれた。メリーは二十、ジェーンは十八だった。或日、ミス・ジェーンが、

「土曜日の午後に何々々々々々を欲するか？」

と訊いた。級の半数が喜び勇んで手を挙げた。後から分ったが、土曜日の午後築地の友達のところに音楽会があるから、連れて行って貰いたいかというのだった。手を挙げた生徒の中、日頃成績の好いものが五名お供をした。高橋君もその仲間に入っていた。

次にミス・ジェーンが又、

「土曜日の午後に何々々々々々を欲するか？」

と言った時、私は真先《まっさき》に手を挙げた。兎に角、手を挙げて置かなければ、予選にも入れない。しかし今度は音楽会でなかった。アメリカから新しい芝刈器《ローン・モウアー》が着いたから、それを使って庭の芝を刈りたいと欲するかというのだった。私はつまらないことを欲してしまって、土曜日の午後ミス・ジェーンの家へ芝刈りに行ったが、そのためジェーンにもメリーにも認められた。以来ミスター・マルオと名を指して課業を当てゝくれる。恥をかきたくないから、此方も努力をする。語学は要するに訓練だ。ダン〳〵と耳も聞え、舌も廻るようになって来た。ミス・メリーとミス・ジェーンの美貌は界隈《かいわい》の評

判だった。

「別嬪《べっぴん》さんがいるでしょう」

と勇吉も言った。私は初めの間、度々勇吉のところへ寄った。勇吉は主家の息子の保証人を光栄として、一肌脱ぐ気だった。寄宿の飯はまずかろうと言って、天ぷら蕎麦や鰻丼を御馳走してくれた。賄料が月に四円五十銭、一日十五銭だった。それでもカツレツだのオムレツだのという言葉を初めて覚えたのである。ビフテキも出た。肉に紫インキのスタンプが捺してあったりした。

「丸尾君、これは馬のビフテキだよ」

と高橋君が教えてくれた。

ミッション・スクールも寄宿舎にいないと徹底しない。私は引き続く五六年の生活を常に感謝と喜悦をもって思い出す。舎監のない寄宿舎だった。各室に室長があって、各階にモニトルがある。モニトルは民選舎監だ。各階で高等学部のものから選挙する。すべて自治だと言い渡されているから、皆責任を感じる。事を構えてもつまらない。相手は自分だ。

院長と部長と西洋人だけが構内に住んでいる。或晩、院長が自習室へ入って来た。和服の着流しだった。

「どうだね？」

と院長は伊東君に訊いた。

「相変らずです」

と答えて、伊東君は頭を掻いた。

「面白そうなものを読んでいるな」

「………」

「丸尾君はこゝだったのか？」

と院長は私の名を覚えていてくれた。

「はあ」

「どうだね？　学校は」

「お蔭さまで愉快にやっています」

「運動は何をやっている？」

「まだ何もやりません」

「高橋君」

「はあ」

「丸尾君は来たばかりだから、君が面倒を見てやる。同級だろう？」

「はあ」

「そう〳〵、この間お父さんにお目にかゝったよ」

院長はそれだけで行ってしまったけれど、私達の頭にはそれ〴〵何か残った。私としては日本の基督《キリスト》教会を代表する先生に名前を覚えていてもらったことが嬉しかった。学校はどうだねという質問も私には特に意味深長だった。更に決心を固める切っかけになった。伊東君は小説を読んでいるところを見つかったが、咎められたのではない。小説もある程度までは宜しいと言わないばかりだった。

「しまったよ。そういつも小説ばかり読んでいるんじゃないけれど」

と呟《つぶや》いたのは意識しない反省だったろう。高橋君に至っては悉く満足だったに相違ない。新入生の指導を頼まれている。同級のことを知っていて念を押したのは特待生だからという含蓄《がんちく》もある。高橋君のお父さんは牧師だから、院長と懇意の間柄だろう。親のことを言われゝば、嬉しいに定っている。

仮りにこの場面を、私の故郷《くに》の県立中学校の寄宿舎に当てはめて見る。校長は一切を舎監に任せているけれど、記録を拵える為めに、一夕寄宿舎の巡回視察を思い立たないとも限らない。そういう折からは着流しで来ない。まさかフロックコートも着ないだろうが、舎監を従えて威容を整える。コッ〳〵と戸を叩く音がするから、

「入れ」

と、室長の伊東君が答える。誰か遊びに来たと思ったら、校長と舎監だったのにギョッとする。読んでいた小説を本能的に両手で蔽《おお》ったが、間に合わない。校長は私達のお辞儀に軽く頷《うなず》いて、テーブルに歩み寄る。伊東君はもう観念して、匿《かく》す努力をしない。私は教科書を読んでいて宜かったと思いながら、形勢を見ている。校長は伊東君の後ろへ廻って、何も言わずに、小説を掴み上げる。頁をはぐる。その間が長い。長いほど教育になる積りだ。伊東君は戦々兢々《せんせんきょうきょう》としている。次に校長は凝っと私を見据える。申分ないと思ったろうけれど、最近入学したことは御存知ない。次は高橋君だ。こ

れは勉強していたのではない。手紙を書いていたのだった。校長は覗き込んで足らず、眼鏡をかけた。先頃女学生に恋文《ラブレター》を送ったものがあるから、警戒が必要だ。御送附の学資金八円有難く拝受云々とあるのを見て安心する。

校長も舎監も全く無言の行《ぎょう》で出て行ってしまう。その後で三人は顔を見合わせる。伊東君は顔色蒼白として、

「困ったな、これは」

と呟く。

「小説を見つかったんだろう？」

と高橋君が訊く。

「うむ。『金色夜叉《こんじきやしゃ》』だ。杉村《すぎむら》君から借りて来たばかりのを」

「見せ給え」

「校長が持って行ってしまった」

「あゝ、没収だったな、小説は」

「人のものだから困る」

「没収の上に禁足五日だよ」

「いや譴責《けんせき》だけだ」

「朝倉《あさくら》君は禁足五日だったぜ」

「あれは小説が二度目の上に二階から小便をしたのが入っている」

というようなことだろう。生徒が学校の刑法を研究するようでは教育の実は挙がらない。

もう一方、廊下に立った校長は『金色夜叉』を舎監の鼻先へ突きつけて、初めて口をきく。

「駄目だよ。自習時間に室長が小説を読んでいる」

「随分厳重に言い渡してあるんですけれど」

「一体これには何《ど》ういうことが書いてあるんだね？」

「知りません」

「内容を分析《ぶんせき》して見給え」

「はあ」

「困ったものだ」

中学生の胸には種々《いろいろ》の芽が萌《きざ》している。小説を読みたがるのは文学の芽が伸びかゝっているからだ。これを頭から押えつけて窒息《ちっそく》させるのは天意に反《そむ》く。白金学院からは多くの文学者が出ている。洋画家も豪いのが出ている。音楽家も出ている。これは自由主義教育の賜物である。その頃は無頓着でいたが、今考えて見ると、各種の芽を自由に伸ばそうと試みた当事者の工夫が有難い。あれもそう、これもそうと思い当る。或晩、

「子供達、出て来い。何々々々々々」

と呼ぶ西洋人の声が校庭から聞えた。

「何だろう？」

「ワーレンさんが望遠鏡を持ち出して待っているんだよ。天体を覗《のぞ》きたいものは出て来いと言うんだ」

と高橋君が教えてくれた。

私は物見高く馳せ参じて、月と火星を見せて貰った。ワーレン博士は少し日本語が出来た。日英半々で珍妙な説教をするのが自慢だった。

「若《も》しもお月さまと地球の距　離《ジスタンス》が現在のそれよりも五万哩遠くあるならば、大変なことがハップンします。即ち地球の上の五つの大　陸《コンチネンツ》は一日に二回満潮《タイド》でサブマージされてしまいます。日本は勿論のことです。白金学院、海の　底《ボツトム》です。人間も獣《けもの》も生きていること叶いません。お月さまを五万哩近くにあらしめ給うところ、そこに神さまの摂　理《プロビデンス》があります」

というような説明をしてくれた。ワーレンさんのお蔭で、私達は時々望遠鏡を覗いて、種々の星の名を覚えた。天文学が好きだから、ワーレン先生はその方面の芽を探して伸ばすつもりだったろうが、これは成功しなかった。白金学院からは天文学者は一人も出ていない。

土曜日の晩にはウエッブスター会があった。言うまでもなくアメリカの雄弁家ダニエル・ウエッブスターに因《ちな》んだ会である。有志が教室に集まって弁舌を練る。高等学部のものが主体だったが、中学部のものも参加する。文学芸術宗教を論じる。これも芽を伸ばす仕組だった。私は郷里の中学校ではとても望めないような啓発をこの会で受けた。カントだのカーライルだのエマーソンだのという名を覚えて、将来その著述を読みたいものだと思った。薩州鹿児島はその席上で無神論を発表したのだから流石に豪傑だ。高橋君が立って、熱烈な駁撃《ばくげき》を加えた。私も調子づいて、演説の皮切りをした。要するに神さまのあるなしは人間の智力では分らないという筋だった。モニトルの一人が立って、私の話を褒めてくれた。私のような考えのものを不可識論者《アグノスチック》というのだそうだ。以来私は不可識論者をもって任じた。

四年級に進んだ頃、田舎から飛んで来た小鳥が都のミッション・スクールにすっかり籠慣れた。礼拝も不思議に感じない。讃美歌も平気で歌う。部長の受持つ聖書の講義にも興味を持って傾聴する。同級生が又皆うい奴等《やつら》ばかりだった。全級何でも一致する。野球の対級仕合で全校を撫で斬りにしたこともある。楽しい生活がつゞいたが、五年へ進級する間際になって、思いもかけない不祥事が起った。文部省が中学令というものを出して、礼拝を行い聖書を教えるミッション・スクールには中学校の名称を許さないと言って来たのである。聖書と礼拝を除去すれば、ミッション・スクールは特質を失う。そこで中学部を中等学部と改称する外に仕方がない。内容は今まで通りにやって行けるけれど、中学校でないから、卒業生は高等学校入学の資格を失う。よって高等学校志望のものには学院に於て然るべき中学校へ転学を斡旋《あっせん》するから至急申出ろというのだった。

朝令暮改《ちょうれいぼかい》で、この中学令は数年後に撤回《てっかい》されたが、丁度それに該当した私達の級は君公切腹《くんこうせっぷく》お家断絶《いえだんぜつ》というような騒ぎをしなければならなかった。三十名の中十五名が転校した。飽きも飽かれもしない、boon companions《ブーンコンパニオンス》が突如袂を別つのだから辛い。留送別の会でワイ〳〵泣いた。学院の気に入った私は残った組だった。親友の高橋君は牧師志望だったから、当然残った。

私は中学令を思い出すと、所謂大東亜戦争も東亜共栄圏も軍ばかりの責任ではないと考える。すでに五十年前に、日本の政府は最高教育から基督教《キリスト》の分子を徹底的に排除しようと試みたのである。八紘一宇の妄想はもうその頃から萌《きざ》していたのである。以来官僚の教育はその鼓吹《こすい》を主眼とした。軍人は思想家でない。文部省が長年かゝって思想の体系を完成したのだ。これは戦犯に挙げられた前文部大臣がすぐに自殺したのでも分る。一生文教に携わっていて余りによく実情を理解していたから、責任上生きていられなかったのである。私は私学が官学に取って代らない限り、日本の民主化は覚束《おぼつか》ないと思っているのだが、それは「心の歴史」と関係のないことだから、こゝには論じない。

## 不可識論者の転向

明くれば千九百一年、二十世紀の劈頭《へきとう》第一年だった。その春に私は白金学院の中等学部を卒業したのである。高等学校入学の資格は失ったが、官立専門学校の受験は出来た。父も兄貴も私の成績に望みを属《しょく》して、高等商業へ入るようにと勧めて来たが、私は無精《ぶしょう》も手伝って動く気にならず、そのまゝ学院の高等学部で間に合わせることにした。中学令以来官学に対する反感もあった。当時高等学部は微々たるもので、在学生精々二十名、年々数名の卒業生を出すに過ぎなかった。先輩は大抵横浜の外国商館へ入ったり、地方の中学校の英語の先生になったりしていた。私は何方《どっち》でも宜いと思った。

その頃二十世紀大挙伝道というのがあった。確か年頭から始まったように覚えている。二十世紀をきっかけに、日本中を基督《キリスト》教化しようという運動だった。学院でも連夜説教会を催した。高橋君あたりは狂人のようになって騒いだ。部屋はもう疾《と》うに別れたが、刎頸断金《ふんけいだんきん》の同級生だ。

「丸尾君、信じろ。救われろ」

と言って、私を捉えて揺《ゆす》ぶるのだった。しかし私はどこまでも不可識論者《アグノスチック》で通した。元来私は行き当りばったりの性分《しょうぶん》だと見える。先輩から不可識論者という折紙をつけられて、よし、不可識論で行こうと決定してしまったのである。

寄宿舎から多数の求道者が出た。その中に薩州鹿児島も入っていた。伊東君は二年前に卒業したが、高等学校ではねられて一年間故山に帰臥した後、又出て来て高等学部に籍を置いたのだった。

「君、余所《よそ》の学校を受ける腰掛じゃ困るよ」

と院長に念を押されたそうだが、

「受験はもう懲りました。しかし中途から渡米するかも知れません」

と答えた。当時は渡米熱が盛んだった。島貫兵太夫《しまぬきへいだゆう》著《ちょ》「渡米案内」というものがあった。旅費が百円、見せ金が百円、それから先は皿洗をして大学を卒業する。

求道者になったばかりの伊東君まで私に伝道をした。しかし行き方が違う。

「おい。相撲を取ろう。負けたら信者になれ」

と言うのだった。

「大挙伝道、太鼓《たいこ》デンドン」

と内田君が側《そば》から冷《ひや》かした。

「何？」

とばかり、伊東君は内田君の頭を撲《なぐ》った。組討が始まった。

一緒に卒業した十五名のうち、高等学部に残ったのは六名だった。急に淋しくなった。それから二年足らずで、一番親しい高橋君が死んでしまった。神に愛されるものは早く召される。高橋君は蒲柳《ほりゅう》の質《しつ》で胸に病気があった。高等学部を出て神学部へ入るつもりだったが、二年級へ進むと間もなく弱り始めた。私は暑中休暇に帰省して、九月に学校へ戻った時、高橋君の憔悴《しょうすい》に驚いた。間もなく床について、入院したが、病勢は進むばかりだった。十二月にはもう危急を告げて、お父さんが関西から駈けつけた。私は毎晩伊東君と一緒に病院へ詰めかけた。あゝいう病気になると、ひたすら神に縋《すが》って、信仰が強まるものだけれど、高橋君は反対の現象を示した。死期が近づくにつれて、ぐらつき出したのである。私が来世《らいせ》を暗示するようなことを言うと、厭な顔をして、横を向いてしまう。

ある時、屹《きつ》となって、

「君、僕は真剣だよ」

と言った。

「それだからさ。仮りに、仮りにだよ。今別れても又会えると言うのさ」

「君の好意はよく分る。しかし僕は子供じゃない。心にもないことを言って瞞《だま》しても駄目だ」

「…………」

「君は不可識論者《アグノスチック》じゃないか？」

僕は困り切った。事実信じていないことを慰安の方便として口に出していたのだった。

「神さまはない。来世もない。皆人間が苦しまぎれに拵《こしら》えたものさ」

と鋭く言って、高橋君は目を閉じた。瞼《まぶた》から涙がにじんだ。私は誘われて泣いた。若い身空《みそら》で死ぬ辛さを切実に察したのだった。

「神さまはあるよ」

と伊東君が保証した。そうして、

「僕は信者だから確かだ。丸尾君のように嘘を言わない」

伊東君はこういう無器用な男だ。これでは私が始終嘘ばかり言っているように取れる。

「卓爾《たくじ》、興奮しちゃいけない。そのまゝ休みなさい」

と命じて、お父さんが高橋君の額に手を当てた。牧師さんだ。時々目を閉じて祈っていた。

私達はもう信仰問題に触れなかった。専ら回春の見込があるように話すことにしたが、高橋君はそれも考えていて、淋しい薄笑いを洩らすのだった。

「悟ったよ、僕はもう」

「何を？」

「生れて来なかったと思えば宜いんだ」

「…………」

「馬鹿だよ、僕は」

「何故？」

「こんな簡単な悟りを開くのに一生かゝったんだから」

私達は答えるところを知らなかった。見す〳〵直らない病人を見舞うのは多大の技巧を要する。

「頭の好い病人には困るよ。瞞しようがない。此方の言いそうなことはチャンともう考えているんだから」

と伊東君も持て余した。

学期試験が始まって二晩見舞わないでいたら、高橋君のお父さんから電話がかゝって来た。今夜あたりは危いから、御迷惑ながら来て戴きたいというのだった。私達は夕食後直ぐに駈けつけた。高橋君は眠っていた。お父さんの報告によると、もうこれで手の尽しようがないから静かに見守っていて下さいと言って医者が出て行った後だった。

「先刻《さつき》までは一言二言《ひとことふたこと》口をきいたんですけれど」

とお父さんは残念がった。

私達三人は長いこと枕頭《ちんとう》に坐っていた。伊東君が私の膝を小突いた。実は私も気がついたのだった。やつれ果てた蠟のような色をしていた高橋君の顔が赤らんで来たのである。絶えたのかとも思われた呼吸が胸の辺に大きく動き始めた。三人は顔を見合せた。忽ち高橋君は目を見開《みひら》いた。病み衰えた力のない目ではなかった。丈夫な頃と同じように光っていた。

「お父さん」

と呼ぶと同時に、私達の存在を認めて、

「丸尾君、伊東君」

「何《ど》うだ？」

と私が乗り出した。

「お父さん、分りました。丸尾君も伊東君も」

「何が分った？」

とお父さんが訊いた。

「又会えます。会えます」

と頷いて、高橋君は目を閉じた。そのまゝ眠ったと思ったら、もう息が絶えていた。私も泣いたけれど、伊東君は声を放って号哭《ごうこく》した。

高橋君の臨終《りんじゅう》は私に思考の食物を残してくれた。私は不可識論《アグノスチシズム》から神秘論《ミスチシズム》へ転向しなければならなかった。深く考えさせられたのである。今でも時々考える。私は基督教の信仰を告白していないけれど、神を信じ来世を信じている。キリストの変貌《トランスフィギユレーション》ということが聖書にある。死直前の高橋君の顔の輝きには正にそれを想像させるものがあった。

「又会えます。会えます」

と言ったのも譫言《うわごと》でない。何か客観的積極的のことがあったのだ。

伊東君もその折の感銘を時々話した。

「おれは太鼓デンドンで引っ張り込まれた組だけれど、高橋君の死ぬところを見て、本当の信者になったんだ」

と言っていた。あのガラ〳〵した男が今に信仰を持ち続けているのは全く高橋君のお蔭だ。牧師志願の秀才高橋卓爾君はその死によって少くとも二人の親友に有効な伝道をしたのだった。

## ドンガラ汁

故郷は矢っ張り好い。五十年ぶりで故郷《くに》の年中行事を見る。私は一々興趣が深い。季節々々の食物にも種々の連想が伴う。親同胞《おやきょうだい》のことを思い出す。皆もう死んでしまって、自分が一番の長老だ。友達は年長のものが数名生きている。その一人で、醤油屋をやっている本間《ほんま》君が商売物を持って訪ねて来て、話のうちに、

「時に善ちゃんは殺生《せっしょう》が好きだったの。霞網《かすみあみ》をやっているから、明日《あした》の朝来て見ないか？」

と誘った。

「捕《と》れるかね？」

「昔ほどは捕れないが、二三十羽は欠かさない」

「河端《かわばた》かい？」

「うむ。明日の朝誘おう」

「頼む」

こんなことで少年時代が繰り返される。行く度に相当の獲物があって、郷里の秋の味覚を楽しむことが出来た。偶然友人の法事があって、本間君と高覚寺《こうかくじ》で落ち合ったら、老僧が応待して、

「丸尾さん、私を覚えていらっしゃるか？」

と訊いた。

「さあ」

「本間さんと一緒に夜池の鯉を釣りにお出になったでしょう？」

「成程、あなたは了念《りょうねん》さんですね。これは久しぶりです」

と私は初めて認識した。了念君は本間君と同級で、その頃小坊主だった。住職が一杯飲んで眠った後、私達を手引きして、池の鯉を釣るのだった。

「親父は寂滅為楽《じゃくめついらく》。大丈夫々々」

という口癖まで思い出した。その了念君が市内随一の名僧になっているのだから面白い。

「霞網をやっていますから、いらっしゃいませんか？」

と本間君がからかったら、

「真平々《まっぴら》」

と了念師は手を振って笑っていた。

お寺の池の鯉を釣ったのは悪戯に過ぎない。故郷《くに》は海に近いから魚に不自由のないところだ。秋になると鮭が捕れる。小鯛が年中ある。冬が来ると鱈だ。鱈のドンガラ汁《じる》というのが名物になっている。

「叔父さん、ドンガラ汁を久しく召し上らないでしょうね？」

と清が言った。

「うむ。冬は帰ったことがないから」

「今年は幾らでも食べられます。あれは好いです。東京へ行っていても、冬になると思い出します」

「おれも覚えがある。実はドンガラ汁じゃ大失敗《おおしくじり》をしているんだ」

と私は又若い頃を思い出した。

漢籍には鱸魚《ろぎょ》の鱠《かい》ということがある。晋《しん》の張翰《ちょうかん》という人が洛陽《らくよう》にいて、秋風の起るのを見、今頃故郷呉中《ごちゅう》は蓴菜《じゅんさい》と鱸《すずき》の季節《しゅん》だと思ったら、矢も楯もたまらなくなって、官職を辞して帰ったという。私も食《くい》しん坊の点では、この張翰に負けない。東京の初雪を見て、故郷のドンガラ汁を思い出したのである。

私の故郷は東北でも殊に要害堅固のところだ。今はもう世間並になったが、その初め鉄道から十里ばかり敬遠されていたので分る。冬は雪が深い。吹雪の日は一寸の外出にも難渋《なんじゅう》する。春が近づくと、山の間を縫う国道は雪崩《なだれ》の危険がある。それで私は夏休みだけ帰省することにしていた。雪のある間は、交通の苦労を考えると到底収支相償《しゅうしあいつぐな》わない。

しかし雪国に育ったものは雪が矢張り懐しい。雪の尠い冬を越すこと数年、十二月下旬に親友高橋君を葬った日、初雪が二三寸積った。白皚々《はくがいがい》たる校庭を眺めながら、

「故郷《くに》はもう大雪だろうな」

と私は降り積んだ城下町《じょうかまち》の一角を想像した。馬橇《ばそり》が鈴を鳴らして通る。雪の中でアバが鱈を売っている。

「さあ〳〵。もうソロ〳〵鱈の捕れる時分だ。雪海苔《ゆきのり》も取れる。皆《みんな》はドンガラ汁を食っているのだろう」

雪海苔と鱈は私に取って蓴菜《じゅんさい》と鱸《すずき》だった。覚えず涎《よだれ》を催した。これには葱のカツレツだの馬のビフテキだのばかり食わせる賄《まかない》も責任があった。帰ろう。丁度冬休みが始まる。望郷の念に圧倒されて、私は一も二もなく決行したのだった。

汽車に乗ってから、風邪を引いていたことに気がついた。慌てゝいる。額《ひたい》に手を当てゝ見たら、少し熱があるようだった。車中は当然無事だったが、駅で下りた時、馬鹿なことを仕出来《しでか》したものだと思った。しかし今更引き返す気にもなれない。馬橇で二日吹雪に曝《さら》されたため、家に着くと直ぐ寝込んでしまった。高熱が続いて、肋膜炎《ろくまくえん》ということに定《きま》った。

「ドンガラ汁、ドンガラ汁！」

と私は譫言《うわごと》を言ったそうだ。

一時は悲観して、これは高橋君の後を追うのかも知れないと思った。普段丈夫で、大病は初めてだったから気が弱い。正月末に快方に向って、待望のドンガラ汁にありついた。しかし学校の方が心配で、つい軽はずみをし、起きたのが悪かった。ぶり返して、全快したのは四月に入ってからだった。直ぐに上京すれば追試験を受けられるのだったが、医者が大切《だいじ》を取って許してくれなかったから、まゝよと度胸を据えて、夏まで休んでしまった。

「大失敗《おおしくじり》さ。ドンガラ汁のお蔭で一年後れたんだから大きい」

私は思い出を清に物語って、蕪村《ぶそん》の句を引用した。

　秋風《しゅうふう》の呉人《ごひと》は知らずふぐと汁《じる》

「鰒汁《ふぐじる》ほどではないが、一年の学業を棒に振ったのだから、おれも張翰に因《ちな》んで、ドンガラ汁の句を作ろうと思っている。秋風の呉人は知らずふぐと汁。さすがに蕪村は巧い」

「縁《えん》に立つ君に草矢《くさや》の一たわれ。叔父さん、どうですか？」

「何だ？」

「叔父さんの句です。いつか短冊かけにかけてありました。僕はチャンと現の証拠を握っているんですから」

「また野っ原で転《ころ》んだのかい？」

「何でも宜いです。その時、一年間故郷にいらしったんでしょう？」

「約一年さ。年の暮から夏休み一杯だったから」

「その間に光子叔母さんとの恋愛問題が起ったものと認定します」

と清は切り込んで来た。妙な奴だ。この話になると、叔父に対する尊敬を忘れてしまう。

「慌てちゃいけない。光子叔母さんはまだ十七だ。おれが二十一だったから」

「また握りました」

「何だ？」

「四つ違いか五つ違いか、御存じない筈だったじゃありませんか？　どうです？」

「仮りに四つ違いとしてさ。五つ違いだったかも知れない」

「ハッハ、、」

「春代《はるよ》さんがおれと同じだってことは確かだけれど」

と私は誤魔化した。こっちも悪い。この問題に限って、対等に話すものだから、つい乗じられる。

## 行き当りばったり

若いボズウェルはジョンソン博士を招待したが、何か手違いが起って、ひどく狼狽《ろうばい》した。得られまいと思っていた知遇を得て間もないことだったから察しられる。しきりにお詫びを言ったら、

大道徳家《グレート・モーラリスト》は手で押えるようにして、

「君、心配しちゃいけない。二週間もたてば忘れてしまうことじゃないか？」

と教えた。ボズウェルのジョンソン伝は私の愛読書だ。私もこの人間味豊かな大道徳家からどれくらい教訓を受けているか知れない。

人生万事、二週間たてば何方《どっち》にしても同じことが多い。それを私達は大事件のように心配する。仮《かり》初《そめ》の病気から一年後れた当座、私は実に煩悶した。一朝にして一生涯の予算が狂ってしまったように思った。しかし今考えて見ると、これが今日の私に大きな影響を与えていない。却ってこのために今日あるとさえ感じられる。中学校での失敗《しくじり》も同じことだ。差当りは身の置きどころもないようだったが、結局好い薬になったのである。お互の生活に起る時折のContretemps《コントルターン》（不慮の事故）は天の配剤だ。長の年月が驚くべき回復力を持っていて、然るべく調節してくれる。

二度目の二年生から三年生に進んで、私は又夏休みに帰省した。日露戦争が始まった年だった。その頃から国を挙《こぞ》って今日の墓穴《ぼけつ》を掘り始めたのだと思うと情けない。私の家としても事多かった年だった。長兄の幸介が嫁を貰い、次兄の恒二郎が婿養子に行ったのである。

長兄の縁談はもう当然のことで、進捗中《しんちょくちゅう》のことも母の手紙で承知していたが、次兄のは初耳《はつみみ》だった。恒二郎兄貴は中学校卒業後、上級学校へ進む気がなかった。月給取りになるために大学を卒業するよりも、金を拵える方が早道じゃないかと言っていた。ついては北海道へ行って、牧畜をやりたい希望だったが、話が大き過ぎて問題にしてもらえなかった。遊んでもいられないから、山里の小学校に奉職して神妙に勤めているうちに、そこの大地主の独娘《ひとりむすめ》に見初《みそ》められて、婿に懇望されたのだという。

「兄さんもお芽出たいんだってね」

と私は早速祝意を表した。

「豪いことになってしまった」

「養子って柄じゃないが、大丈夫だろうか？」

「おれも考えたんだよ。これから北海道へ行って一身上《ひとしんしょう》起すのは大変だ。それも起せるものか起せないものかも分らないんだから、人の拵《こしら》えた身上を守ってやる方が早道だと思って決心した」

「お母さんから聞いたが、先方から是非って言うんだってな？」

「うむ。半年ばかり前から話があって、死ぬの生きるのと言うそうだから仕方がない」

「一体どんな娘だい？　十人並だろうな？」

「村小町《むらこまち》だよ。女学校でも評判だったと春ちゃんが言っている。春ちゃんと同級だったそうだ」

「女学校を出ているのか？　安心した」

これでは此方が兄貴のようだけれど、私はこの兄貴とは年が近いから、対等で話せるのだった。

「校長が仲人だ。時々校長と一緒にそこの家へ招待されるから、どういう訳だろうと思っていたら、ある日校長が話を持ち出した。娘が恋い焦《こが》れていると言うんだ。幸い君は次男坊だから何とかならないかと言うんだ」

「ロマンスだな、これは。驚いた」

「おれもどこがそんなに好いのか自分で分らない。今更驚いているんだ」

と恒二郎兄貴は縁談の経過を詳しく話した後、

「ところで、善三郎、分家のお春ちゃんも定ったよ」

と又新しい消息を伝えた。

「ふうむ？　何処へ？」

「兄貴の同級に吉田賢《よしだけん》一ってのがいたろう？　大分年が違うから、お前は知らないかな？」

「知らない」

「家は新町《しんまち》だ。高商を出て、東京の会社に勤めている」

「すると東京へ片付くんだな？」

「うむ。兄貴が言っていたが、ナカ〳〵成績の好い男だそうだよ」

「それは芽出度い。妙に皆定《きま》る年だな」

と私は言ったが、聊か拍子抜けがした。

分家は父の次弟で、羽二重の機場《はたば》をやっていた。春代さんが私と同年、その下が洋《よう》一君、その又下が光子さんだ。私は前年長く故郷《くに》にいたので、叔父から頼まれて洋一君の英語を見てやった。洋一君は中学校の五年生で高等学校志望だった。序《ついで》に女学校三年生の光子さんも指導した。そんな関係で春代さんとも話す機会が多かった。冗談を言う。からかい合う。恋愛の芽は未だ萌していなかったが、お互に異性との接触が嬉しかったのである。それで多少期待して帰って来たら、もう赤札《あかふだ》がついていたのだから、オヤ〳〵と思った。それだけに過ぎなかったけれど、この春代さんがその種々《いろいろ》の切っかけになっている。

長兄と恒二郎兄貴は、秋に式を挙げた。私は二度帰省して忙しかった。春代さんの方は忘れていた。それくらい無関心だった。活版刷りのハガキをもらった時、成程、天長節に式を挙げると言っていたと思い出した。青山北町一丁目に居を卜《ぼく》したから、当方面へお序《ついで》の折はお立寄り下さいというのだった。私は日曜に訪れて、吉田君に初めて会い、お昼を御馳走になって寄宿舎へ帰った。それから正月の休みに一度お邪魔をしたきり、御無沙汰をしてしまった。

三月に卒業したが、非常な就職難だと聞いて、私は諦めた。一緒に卒業した五人の中、一人は地方の中学校へ赴任し、三人は渡米した。考えて見ると、私は行き当りばったりだ。中等学部を卒業した時も、面倒だと思って、そのまま高等学部へ進んだのだった。今又一向方針が立たずに、院長のところへ相談に出かけた。

「暢気《のんき》だな、君は」

と院長は呆れたようだった。

「どうせ駄目でしょうから、もう少しこゝにいて勉強する法はないでしょうか？」

「神学部へ入るか？」

「いや、英文学をやりたいんです」

「君一人のために研究科を置くことは出来ない。せめて三人あれば、考えて見る余地があるんだけれど」

「卒業してしまうと、もう寄宿舎にも置いてもらえないでしょう？」

「差当りは仕方がないが、新入生が来れば、出てもらわなければなるまい」

「…………」

「…………」

それきり話が途絶えたところへ来客があったから、私は辞し去った。これでは寄宿舎に置いてもらえないことを確めたに過ぎない。尠《すくな》からず慌てゝ、勇吉のところへ下宿の相談に行った。

「こんなヤッチャナイところで宜しければ、お引受けします。けれども中学校の先生になれるのに、この上金を使って勉強するのは馬鹿々々しいじゃありませんか？」

と勇吉は算盤《そろばん》の上から抗議を申出た。

四五日たって、院長から呼び出しが来た。馳せ参じたら、

「図書館の係が欠員になるから、君やって見る気はないか？」

と言うのだった。

「是非お願い致します」

「月給は十七円だよ。食えまい？」

「家からもらいます」

「もうこの上親の脛を齧《かじ》っちゃいけない」

「何とかなりましょう」

「寄宿舎には満員にならない限りいてもよろしい」

　翌日、また呼び出しがあった。

「今度来たニコル君が日本語の教師を探しているから、君を推薦して置いた。一週間に三回、午前中にやってやり給え」

「僕で勤まるでしょうか？」

「日本語だよ。勤まるも勤まらないもあるまい。あ、君は東北弁だったね」

「はあ」

「しかしそれぐらいなら大したことはない。月十円はくれるだろう」

「是非やらせていたゞきます」

「水沢《みずさわ》君は田舎の学校へ幾らで行ったね？」

「三十五円です」

「それじゃニコル君から十五円取ってやる。図書館が十七円、合計三十二円か？　三円足りないが、これは東京税だ」

「有難うございます」

「図書館にある英文学の本を片っ端から読破するんだね。もう一方西洋人に日本語を教えていると、会話の練習になる。君、これは三十五円で田舎の先生に納まるより前途があるよ」

と院長が私の方針を立てゝくれたのだった。

そのまゝ寄宿舎にいられるのは好都合だった。私は図書館に勤める一方、ニコル氏に日本語を教え始めた。東北弁だと思うと気が引けるけれど、相手はアメリカから来たばかりだから、九州弁でも同じことだったろう。後日談になるが、このニコル氏は東北で一生伝道した。

「丸尾さん、あなたに手ほどきをしていたゞいて、丁度好かったです」

と私に冗談を言ったことがある。

## 桜花爛漫の候

忘れていた春代さんから又ハガキが来た。故郷からお客さんが見えていますから是非お運び下さいというのだった。お客さんという字に二重圏点《けんてん》がつけてあった。誰だろうと思って駈けつけたら、洋一君と光子さんだった。光子さんはもう卒業して、去年一昨年《おととし》の葡萄茶袴《えびちゃばかま》でなく、明眸皓歯《めいぼうこうし》、すっきりとした令嬢になっていた。

「見違えるようでしょう?」

と春代さんは引き合せて、誇らし気に言うのだった。

「えゝ。大きくなりましたね」

「大きくなったなんて、善三郎さん、もう大人よ。十九ですもの」

「誰だろうと思いましたよ。お客さんとして二重丸が打ってありましたから」

「そうでもしないと来て下さらないと思って」

「一番で卒業した御褒美に東京見物でしょう？」

「図星ね。一番よ」

「豪いですな。光子さん、お芽出度う」

「駄目よ」

と光子さんはハンカチを振って遮《さえぎ》った。

「序に東京の空気を吸わせようと思って呼びつけましたの。当分此方よ。磨きをかけて帰って、お父さんお母さんを吃驚《びっくり》させて上げますわ」

「僕、彼方此方の見物の案内をしましょうか？」

と私が光子さんばかり問題にしていたものだから、

「善さん、僕も出て来ました」

と洋一君が存在を主張した。

「失敬々々。その後は何うでしたかね？」

「家でコツ〳〵やっていましたが、自信がつきません。これから予備校へ入って勉強しようと思います」

「それは宜いです」

「今度は一高と高商を受けます」

「大いにやり給え」

春代さんは二人の土産を薦めた。梅のしと狐面《きつねめん》の駄菓子だった。

「東京にはお菓子がないと思って、こんなものを持って来ましたのよ。でも、思い出すでしょう？」

「矢っ張り故郷《くに》の味がします」

「ところで善三郎さんももう御卒業ね。お芽出度うございます」

「有難う」

「どこへお勤め？」

「学校の方を手伝っています」

「先生？」

「いや、図書館の番人です」

「事務員ですか？」

「図書館長兼小使です」

「まあ」

「それから西洋人に日本語を教えています」

「折角御卒業なすって詰まんないじゃありませんか？　会社へは入れませんの？　英語がお出来にな

れるから宜いんでしょう？」

　春代さんは金即ち生活と信じている。気心《きごころ》は好いけれど、全然の俗物だ。月給の高で人間の値打を定めてしまうから、合計三十二円なんてことは決して言えない。私は蒙《もう》を啓《ひら》いてやる気になって、

「先輩に横浜の外国商館へ行っているものがあります。ボーナスが沢山もらえるそうですけれど、僕は金に使われるのが厭です」

　と大きく出てやった。

「学校だって月給でしょう？」

「えゝ」

「矢っ張りお金に使われているんじゃありませんか？」

「違います。教師が講義をしている時は金のことを考えません。画家が絵を描いている時は好い絵を描きたい一心でしょう？　声楽家が歌っている時も同じことです。これが幾らになるなんてことは念頭にありません」

「それは何でも一生懸命になればそうよ。私だってお料理をしている時は上手《じょうず》に拵えたい一心ですわ」

「しかし商館番頭や商事会社の人はどうですか？　及ぶかぎり安く買えるところから買って及ぶかぎり高く売れるところへ売りたい一心です。一生懸命になればなるほど金のことを考えるんですから、これは正に直接金に使われているんです」

「…………」

「仕事の性質から言っても簡単です。高く買って、いや安く買って高く売りさえすれば宜いんですから、寄せ算と引き算さえ出来れば間《ま》に合います」

「そんなことはないでしょう。立派な教育のある人がやっていて損をすることもあるんですから」

「職業に貴賤なしというけれど、僕は貴賤はあると思っています。金に使われない学者や芸術家の心境は高潔で、金に使われる商館番頭や商事会社の人の心境は低劣です」

「善三郎さん、あなたは随分ツケ〳〵物を仰有《おっしゃ》る人ね」

「理論ですよ」

「吉田は商事会社に勤めてるんですから」

「これは失敬しました」

「先生で結構よ。私、会社へ入って下さいってお頼みしているんでも何でもないんですから」

「また始まったのね」

と光子さんが笑った。

「どうも春代さんとは直ぐに議論になって困ります」

「善三郎さんが議論を吹っかけるんですもの。私、会社へはお入りになりませんかって訊いただけじゃありませんか？」

と春代さんが口惜しがった。

「吉田君に言いつけちゃいけませんよ」

「言いつけますわ」

間もなく吉田君が帰って来た。この男は話が分っている。私と顔が会うか会わないに、

「学校の方へ定ったんでしょう?」

と期待していたように訊くのだった。

「まあ、そんなことです」

「先生は好いですな、毎日金のためにこき使われていると、人間に潤《うるお》いがなくなってしまいますよ」

「いや、先生が好いか会社員が好いかってことで、大問題が起っているんですよ」

と私が言ったら、

「もうおよしなさい。厭《いや》な人ね。善三郎さんは」

と春代さんが憤った。

私は今でも落花を浴びた光子さんを思い出す。丁度桜花爛漫の候だった。吉田君がお花見を発起して、次の日曜に五人揃って出かけたのである。吉田君とは話が合う。春代さんが歓迎してくれる。以来私は自然青山一丁目へ足が向いた。人生愚挙多し。今度は真剣の愚挙が始まる。

## 徴兵検査前

恋愛に落ちるという英語の直訳が日本語に帰化《きか》して、極めて普通に用いられる。

「私は彼女と恋に落ちた」

と言う。こう聞くと、如何にも艶福《えんぷく》のようだが、それは早合点《はやがてん》だ。これでは私が迷っただけで、彼女の心境は全然白紙である。英語の to fall in love は恋慕するの意味に外ならない。幾ら恋慕しても、それは此方《こっち》だけの話だ。先方《むこう》様には先方様の料簡がある。後にお互にという副詞句が伴わないと物にならない。

私は学校を卒業した春、桜花爛漫の候に、一目見て光子さんと恋に落ちた。陥ったでも宜しい。今説明した通りの関係だ。ハガキに二重圏点《けんてん》を打って私を呼びつけた春代さんは、美しくなった光子さんを突如《いきなり》見せつけて、私を吃驚《びっくり》させる気だったらしい。陥る陥らないのは此方の問題だが、或は春代さんに何か計画があったとも解せられる。少くとも春代さんの態度はその当座この線に沿っていた。

煙草を手にしたこともなかった私が、一人前の喫煙家になったのは、その後間もなくだった。青山へ行くと、吉田君が煙草を接待する。煙草が専売になった頃だったろう。吉田君は無暗に吸う。真似をしているうちに味を引き込んでしまったのである。

もう制服でもないと思って、私は勇吉に頼んで背広を拵えて貰った。或晩、それを着て行ったら、

「まあ！　似合いますわ」

と春代さんが褒めてくれた。吉田君は値を訊いた。安いと感心して、自分も頼むと言った。私がポケットから敷島を出したら、

「あら、いけませんわね」

と光子さんが驚いた。

「賢さんから洗礼を受けてしまったんです。あなた、煙草の香《におい》、嫌いですか？」

「嫌いってこともないんですけれど」

「のまない方が宜《よ》ければやめます」

「そんなこと、あなたの御自由じゃありませんか？」

私は何かにつけて、光子さんの胸憶《きょうおく》を忖度《そんたく》するのだった。未だ此方で陥ったばかりで、お互という副詞句に自信がない。干渉してくれるようなら有望だと思った。

「善さんは堅人《かたじん》過ぎる。これじゃ世間へ通用しない。煙草ばかりでなく、酒の方も僕が指導してやる」

と吉田君は冗談を言った。賢さんは多少偽悪家の傾向があった。会社員を光栄として神妙に勤めていながら、不忠実を衒《てら》う。

「あなたもダン〳〵本性《ほんしょう》を現して来ますのね。お酒は嫌いだと仰有ったのに、時々酔ってお帰りになるんですもの」

と春代さんが切り込んだ。私の前で睦じい口喧嘩をするのを御馳走のように思っている。

「酒を飲むと言えば断られるからさ」

「嘘つきね」

「お前だって、嘘をついているよ」

「あら！　私が？」

「見合の写真ほど綺麗じゃないもの」

「それは無理よ。お化粧をしている時と普段とは誰でも違いますわ。あなただって、あの写真の方がよっぽど好いわ」

「失望したかい？」

「そうでもないけれど。あなたは？」

「好い加減にして下さいよ」

と私は窘《たしな》めてやった。

まだ映画のない時代だった。寄席があったけれど、私達田舎育ちのものには牽引力《けんいんりょく》がなかった。ラジオもマージャンもない。時折トランプをやるくらいのもので、お茶を飲みながら話をする外に時間の潰しようがなかったのである。

「善さん、徴兵に弾《は》ねられる法を伝授しようか？」

と或晩吉田君が言った。私の徴兵検査が近づいていたのだった。

「何だか気がかりがあると思うとそれだよ。取られちゃたまらない」

「一生の計画に関係するから、是非遁《のが》れなければいけない」

「郷里《くに》なら大抵大丈夫だろうと思うんだけれど。土性骨《どしょうぼね》の太いのが多いから」

「君だって可なりガッチリしているぜ」

「考えて見ると、僕はどこも悪いところがないから心細い。目だけだ」

「眼鏡は何度だい」

「十四五度だ」

「一年志願はそれぐらいまで取るようだ」

「取るらしい。丁度僕ぐらいのが去年取られている」

「一年志願なら少尉になれるんでしょう?」

と光子さんが関心を持ってくれたのは嬉しかった。

いかにして徴兵を遁れようかというのがその頃の、いや、明治大正昭和を通じての若いものゝ屈託《くったく》だった。徴兵については裏と表があった。裏は私《し》で、表は公《こう》だ。公は偽で、私は真だ。表向きは是非徴兵に取られたい、裏向きは何とかして弾《は》ねられたい。郷里の近村には徴兵稲荷というのがあった。徴兵除けの神様だ。検査が近づくと、お母さん達が参詣する。壮丁《そうてい》には右の手の人さし指を鉈《なた》で叩き切ったものさえある。

「お芽出度う。甲種合格だったそうですね」

と近所のものが表から祝ってくれる。親父は障子から顔を出して、

「お蔭さまでお役に立ちます。こんな嬉しいことはありません。有難うございます」

と景気の好い答礼をするけれど、障子を締めた後は、

「はて、困ったものだ」

と一家打ち湿《しめ》ってしまう。戦時中はこの裏と表が更に強化された。長い間こういう使い分けの生活を立派にやって来たところを見ると、日本人は皆名優の素質を持っているとも考えられる。

徴兵を遁《のが》れるために一時健康に故障を齎《もたら》す方法が種々《いろいろ》と研究されていた。学生は百姓よりも智恵があるから、指を切るようなことはしない。一週間毎日醬油を一合宛飲めという処方《しょほう》があった。これは動悸《どうき》が高くなって心臓病と間違えてもらえるというのだった。丈の高さはどうもならないが、体重は融通が利く。痩せているものは更に痩せることを心掛けた。聾《つんぼ》の真似をして成功したという話もある。しかし帰りに呼びかけられて、うっかり返辞をしたため、直ぐに捉まってしまったともいう。

「僕はやっぱり近眼で行く」

と私は唯一の弱点に頼る外仕方がなかった。

「結局それだね。強い眼鏡をかけていると宜い」

「正月頃からやっているんだよ。初めは少し強過ぎて足許《あしもと》が変だったが、この頃は慣れた」

「僕も丁度君と同じぐらいだが、強いのをかけた上に、壮丁控所で待っている間、一心不乱に着物の縞の勘定をしていた。視力は疲れると弱くなる。八度ぐらいに見てくれたらしい」

「それは妙案だな。僕もやるよ。和服を着て行く」

「お父さんのを借りていらっしゃいよ」

と光子さんがまた関心を示してくれた。父の着物なら縞が細い。

私は近眼で丙種不合格になった。私の友達にもそういうのが大勢いる。日本の知識階級に近視眼の多いのは必ずしも目の質が悪いからでない。徴兵制度が与《あずか》って力あると思う。学生は近眼になっても驚かなかった。却って徴兵を遁れるという期待で、ますく〳〵細い書物を読んだものである。それはそうと、私は間もなく徴兵検査のため帰郷する時、光子さんの護送を承わった。もう東京に二月近くいて倦きたのだった。洋一君が送って行く予定になっていたけれど、

「君は勉強がある。入学試験前の一日は一週間に当るんだから」

と言って、私はお為めごかしにした。

東京のお名残りに、春代さん夫婦が光子さんに芝居を見せた。歌舞伎座だった。私もお相伴《しょうばん》して、本当の芝居を初めて見物した。どういう狂言だったか、一つも思い出せないが、開幕中にかなり大きな地震が揺って、観衆が立ち上ったことを覚えている。

「どうしましょう？」

と囁いて、光子さんが私の腕に手をかけた。

もう一つお名残りがあった。私が光子さんを目黒の苺畑へ案内したのだった。今回は洋一君も加わった。目黒も筍の名所の面影はもう残っていなかったが、百姓家《しょうや》が多くて、その中には苺を作っているところが何軒もあった。学生は食物に目敏《めざと》い。逸早《いちはや》く見つけて、目黒の苺が名物になった。砂糖と

牛乳を用意して行って、鱈腹《たらふく》食べる。品が新鮮な上に値が安い。

日曜の朝、一同予定に従って学院へやって来た。私は光子さんに白金学院を見せたいのだった。勇吉の家へも寄った。吉田君は洋服を註文した。

郊外へ出た時、

「東京にもこんなところがあるんですかね」

と言って、光子さんが喜んだ。揚《あ》げ雲雀《ひばり》が鳴いていた。五月晴《さつきば》れの日で、富士山がよく見えた。

「光子さん」

と吉田君が呼んだ。

「何あに？」

「富士山が何か言っていますよ」

「富士山が？」

「えゝ。鳥海山《ちょうかいざん》に何か伝言《ことづけ》があるそうです」

「まあ！　オホ、、、」

「私も帰りたいわ」

と春代さんが鳥海山から里心を起した。

目的の百姓家へは毎年数回押しかけたから、家の人達と顔馴染になっていて、特別扱いにしてもらえた。皆で畑に屈《かが》んで苺を摘《つ》んだ。弁当はクリーム・パンで、これも私が用意して来た。

「あゝ、食った〳〵。僕は是非合格して、毎年こゝへ来なければならない」

と洋一君は大いに発憤した。

年来の散歩区域だったから、私は有効に案内が出来た。甘藷先生《かんしょせんせい》の墓と不動さんを見せて、品川まで歩いた。途中で大崎の妙花園《みょうかえん》も訪れた。すっかり家の建て込んでしまった今日では想像もつかないことだが、あの辺一帯が畑だった。私達は菫《すみれ》たんぽゝ忘れな草の咲く小径《こみち》を選んで辿《たど》った。私は忘れな草を摘んで、

「光子さん、これ、何って花か御存じ？」

と訊きながら、光子さんに渡した。

「存じません」

「忘れな草ですよ。Forget me-not です」

「まあ、これが？」

と言って、光子さんはいたいけな花を仔細に眺めた後、帯の間《あいだ》に入れてしまった。

洋一君が蛮声を張り揚げて詩吟をやった。春代さんと光子さんも調子づいて、母校の校歌を合唱し始めた。私が讃美歌に打ち興じたら、吉田君も負けない気になって、

「おばこ来《く》るかやと田圃《たんぼ》の外れ《はんず》まで……」

と郷里《くに》の俗謡《ぞくよう》を歌い出した。折から人が通りかゝった。

「あなた、こゝは東京よ」

と春代さんが後ろから小突いても、

「出て見たば。おばこ来もせで……」

と平気でやっていた。皆歓を尽した一日の清遊だった。

## 文学と哲学

夏休みに又帰省した。洋一君が高商へ入学が叶ったのは有難かった。東京では計算に入れていなかったが、郷里へ帰って見ると、洋一君に重きを置かざるを得なかった。光子さん自身に会いには行けない。世間体があるから、洋一君に託《かこつ》ける。

「洋一君はいますか？」

と言って、私は分家を訪れるのだった。叔父さんはと言うと、機場《はたば》の方へ案内されてしまう。光子さんは洋一君がいなくても、当然のことのように私を迎えてくれた。叔母も東京以来理解を持っているように見受けられた。

「善ちゃん、お上《あが》り。もう善ちゃんでもない。善三郎さん」

と言いながら、また善ちゃんと呼ぶ。叔父に至っては善坊だった。

「善坊は先生か？」

「はあ。先ずそんなところでしょう」

「好きなことをやるさ。もう横文字で千字文《じもん》が書けるだろう」

と言った。

光子さんが文学的傾向を持っていたのは好都合だった。文学少女という言葉はその頃未だなかったが、それだったかも知れない。春代さんと違って、地味な代りに、知的な美しさに恵まれていた。

「新体詩っても の、私、よく分らないけれど、何となく面白いわ」

と先方から話の切っかけをつけてくれ、

「誰の新体詩がお好きですか？」

「そうね。藤村《とうそん》でしょう」

「藤村は白金学院の出身ですよ」

「そうですってね。いつか学院を拝観させていたゞいた時にも伺いました」

「僕よりも十何年の先輩です」

「藤村さん達の植えた記念樹も拝観させていたゞきましたわ」

「拝観は念入りですな」

「でも、あなたは白金学院白金学院って、まるで宝物《ほうもつ》を見せるように仰有いましたから」

「参りました、これは」

と私は大袈裟に頭を掻いた。春代さんは直接に悪口を言うけれど、光子さんは婉曲《えんきょく》に皮肉を言う。

「私、晩翠《ばんすい》のも好きよ」

「僕は本当のところは晩翠の方が好きです。『天地有情《てんちうじよう》』なんか悉皆《すつかり》暗誦しています」

「少しむずかしいようね、晩翠のは」

「藤村がお好きなら、泣菫《きゆうきん》もお好きでしょう？」

「泣菫って、私、名を聞いているばかりで、まだ読んだことありません」

「僕は本を持っていません。東京に置いてありますから、今度送りましょう。泣菫は一種独特なところがあって、晩翠や藤村に負けませんよ」

「西洋の詩はどうでしょう？　英語の詩はやっぱり好いんでしょう？」

「さあ。余り面白いとも思いませんね。英語の力が足りないから、本当の味が分らないんでしょう。どうもピンと来ません」

「私、何かの雑誌で何とかいう人の何とかいう詩の翻訳を読んだことがありますけれど」

「何とか尽しですね。何とかいう人が訳したんでしょう？」

と今度は私がからかう番だった。

「何とかいう詩よ。長い詩よ。何とかいう詩人で有名な人ですけれど」

「これじゃ大抵健脚な郵便屋でも配達不能に終ります」

「ひどいわ」

「ハッハ、、」

「あゝ、口惜しい」

光子さんは努力するように考え込んで、

「子供の詩よ。兄弟が七人いるんですって、あゝ、お父さんお母さんを入れて七人だったでしょうか?」

「それはワーズワースです。We are Seven《ウイー アー セブン》です」

「あゝ、そうよ。『我等は七人』でした」

「一人欠けたけれど、やっぱり七人だというんです。霊魂不滅《れいこんふめつ》を歌ったものです」

と私は内容を詳しく説明した。丁度学校で習った詩だった。

「霊魂って本当にあるものでしょうか?」

と光子さんは真剣な顔をして質問した。

「僕はあると思っています」

「神さまも?」

「えゝ。あると思います」

と私はその頃自分の信念として固まりかけていた万有神教《ばんゆうしんきょう》を説く機会を摑んだ。

山里へ婿に行った恒二郎兄貴から手紙が来た。帰省しても顔を出さないのは不都合だと詰《なじ》って、要談があるから至急御来車下されたしという呼出状だった。去年の秋、結婚式に列して以来だから、兄貴も待っていたのだろう。私も早々敬意を表する積りだったが、光子さんの方へ気を取られて、つい遅滞《ちたい》していたのだった。三里近くある。その頃は歩いて行く外仕方がなかった。

「どうだい？　兄さん、納まっているんだろうな？」

と私は顔が合うと直ぐに訊いた。

「当り前よ。納まらなくてどうする？」

「安心した」

「お前は世間並の挨拶も知らないんだな」

「兄さん、その後は御無沙汰致しました」

「そう来なければいけない」

兄貴は代用教員をしていた頃と違って、いかにも大家の若旦那らしくなっていた。見初められるくらいだから、元来恰幅が好い。お父さんお母さんと穣子《じょうこ》さんが出て来て応待した。年寄達は見るから人柄が好いし、穣子さんは相変らず美しい。村一番と聞いたが、それは仲人口で、実は字《あざ》一番だそうだ。それにしても、恒二郎兄貴は大当りだ。

「お前も卒業で芽出度いな」

と兄貴は家の人達が引っ込むのを待っていたように言った。

「お蔭さまで。考えて見れば、兄さんにも苦労をかけている」

「知らせをもらって返事も出さなかったが、お前のことだから、おれの心持は察してくれたろう。図書館の係をやっているんだってな。月給は幾らだ？」

「十七円もらっている」

「馬鹿に安いんだな」

「別に西洋人に日本語を教えている。これが十五円さ」

「それから？」

「それっきりだよ」

「食えまい？」

「楽じゃないよ。纏まって要《い》るものは家から出してもらう」

「上《あが》る見込があるのか？」

「当分ない。日本語の方は臨時と来ている」

「そんなことだろうと思って、おれも考えていたんだ。嫁を貰えよ」

「嫁を？」

「うむ。好いのがあるんだ」

「自分一人でやっとこさだ。嫁がもらえると思うのか？」

「五町歩ばかり背負って、お前の所へ行きたいというのがあるんだ。やっぱり女学校を出ていて、器量もナカ〳〵好い」

　兄貴は縁談を勧めるのだった。隣村の大地主の娘だそうだ。養家と遠縁になっている。食えるまでもらうなと言うのが当り前なのに、兄貴は行き方が違う。食えまいから是非もらえと説く。

「駄目だよ」

「即答を要求しているんじゃない。考えて見ろ」

「考える余地はない。こゝ二三年は駄目だ」

「先方《むこう》は若い。二年や三年は待っても宜いと言うんだ」

「駄目だよ、到底」

と私はひたすら断った。

「この野郎、別に心当りがあるんだな」

「…………」

「お前は分家のお光ちゃんをもらいたいんだろう？」

「うむ。光子さんをもらいたいと思っている」

「それならそうと何故早くおれに言わない？　兄貴には話してあるのか？」

「ない。おれの心だけの問題だから」

「兄貴もおれも始終お前のことを考えているんだ。兄弟甲斐《きょうだいがい》のない野郎だ」

恒二郎兄貴は自分の持ち出した縁談を断られたから憤ったのでない。私は心持がよく分っていた。

校長に暗討を食わせると言って騒いだ昔を思い出した。

「兄さん、黙っていて悪かった。しかしどうしてそんなことを知っているんだい？」

「春ちゃんと吉田君から寄せ書きの手紙が来ている」

「ふうむ?」

「光子も来ているし、善三郎さんが毎晩のように遊びに来るから賑かだと書いてあった。はてなと思ったんだ」

「それじゃ具体的には何とも書いてなかったんだな?」

「うむ。おれが察しただけだけれど、お前はお光ちゃんが何のために東京へ行ったのか知っているか?」

「東京の風に吹かれにさ」

「おれはそれだから心配だ。お前は甘ちゃんだ。大甘だ」

「何故?」

「お光ちゃんは東京へ見合に行ったんだ」

「そんなことはないよ」

「おれは叔父さんから聞いている」

「………」

私は咄嗟の間に思い当った。圏点《けんてん》のついたハガキは光子さんの上京後一週間たってから来たのだった。

「見合で断られたんだ。春ちゃんは落第生をお前に振り向ける気になったんだよ」

「そんなことはどうでも構わない」

「落第生でも宜いのかい？」

「断定は個人々々で違う。余所《よそ》で断られたって、おれが気に入れば宜い」

「是非お光ちゃんをもらいたいのか？」

「うむ」

「それほど思い込んでいるなら、おれがこれから行って、親父に相談する」

「それには及ばない。自分でやる」

「お前は甘いから心配だ。分家の連中は皆一筋縄《ひとすじなわ》じゃない。駈引が強い。さんざ好いところを狙って、イヨ〳〵駄目という場合の用心にお前を取って置くんだ」

「兄さんは疑りが強いよ」

「それじゃお前はお光ちゃんと約束が出来ているのか？」

「そんな話はちっともしない」

「しかし毎日行くんだろう？」

「毎日でもない」

「一体どんな程度だ？　どんな話をしているんだ？」

「文学と哲学の話さ」

「馬鹿だなあ、お前は。ハッハ、、」

と兄貴は呵々大笑《かかたいしよう》した。

「…………」

「分家は文学や哲学じゃない。金だよ」

「叔父さんや春代さんは金だろうが光子さんは違う。文学が好きだ」

「おれに委《まか》せろ。その方が早い。おれはお前の泣くのを見るのが厭だ。子供の時からそうだったろう？」

「兄さんはおれの力じゃ光子さんがもらえないと思うのか？」

「むずかしいと思うんだ。お光ちゃんは兎に角、側《はた》が側だから、鬮《くじ》が残らない限り危い」

「大丈夫だ。こういうことは本人と本人の問題だ。今でも黙契《もっけい》があるつもりだ」

「そのつもりが当てにならないよ」

「この夏中に堅い約束をするから、この話は兄さんの胸の中にしまって置いておくれ。頼む」

「もう一ぺん念を押すが、大丈夫か？」

「大丈夫だ」

雨が降り出したから、私は泊り込んだ。兄貴と勧められて酒を飲んだら、かなり酒量のあることが分った。その代り翌朝頭が重かった。雨のやむのを待って、夕刻家へ帰り着いた。

「山里《やまざと》の兄貴から何か話があったろう？」

と長兄が訊いた。兄貴同志申合せていたことが分った。

翌日、私は当然分家を訪れた。どういう都合だったか、裏口から入った。光子さんが唯一人離れの縁側で本を読んでいた。私は思いついて、庭の薄《すすき》の影に隠れた。薄の葉を折って草矢《くさや》を作った。狙い定めて放ったら、見事光子さんの胸に当った。

「あら」

と光子さんは吃驚して立ち上った。

同時に私を認めてニッコリ笑ったが、誰もいなかったことを確めるように周囲《あたり》を見廻した。私は招かれるまでもなく、縁側へ進んだ。

「待っていたのよ」

と光子さんは囁くように言った。

「………」

「昨日も一日待っていたのよ」

「光子さん、僕も待っていて宜いですか？」

「何を？」

「あなたを」

「………」

「いけませんか？」

「宜いでしょう。オホヽ」

「有難う」

私はこれで安心したのだった。

## 三年計画

暗黙《タシット》の理解が明示《エキシプリシット》に発展して、分家通いがつゞいた。光子さんは、私から英詩の講釈を聴きたいと言って、両親の許可を得た。

「何をやりましょうか？」

「私、英語は駄目よ」

「やさしいものを考えて見ましょう」

「何か御本をこゝに置いておけば宜いのよ」

「ワーズワースにしましょうか？」

「あなた、正直ね」

「成程」

と私は血のめぐりが悪い。光子さんは毎日会う口実をこしらえてくれたのだった。

早くも秋が来て、私はまた上京した。図書館に籠って、雑多な読書をする。ニコルさんに日本語を教える。青山へも出かけたが、以前ほど頻繁でなかった。行く度に吉田君の友達が来ていたように覚えている。皆会社員だ。「鈴久《すずきゆう》」の話に花が咲いていたことを思い出す。当時、「鈴久」という株屋の成金があった。まだ若造だが、五百万円とか儲けたそうだった。成金という言葉はその男のために出来たと吉田君が将棋の説明をして教えてくれた。

「芸者を総揚げにして、裸踊りをさせて、その最中に百円紙幣を撒《ま》くんだそうだよ」

「壮観だろうな。ハッハ、、、」

「骨相学者が写真を見て調べたら、ナポレオンと全く同じだったそうだ」

「その話が『実業之日本』に出ていたよ」

「英雄だよ、要するに」

というようなことだった。

一月ばかり間をおいて訪れたら、

「この頃はお見限りね」

と春代さんが厭味を言った。光子さんがいないからとも言えない。

「つい忙しいものですから」

「やっぱり日本語を教えていらっしゃいますの」

「え〵」

「あの図書館、随分御本がありますわね。始終御本の中にいるんですから、学者になるでしょう」

「化粧品の中にいると美人になりますか？」

「まあ、憎らしい」

「本もそうです。内容を身につけて初めて学者になるんです」

「白粉焼けってのがありますから、御本焼けってのもあるでしょうね」

「参りました。ハッハ、、、」

洋一君は二階に置いてもらって、一ツ橋へ通学していた。官学万能の時代だったから、一ツ橋は赤門に次ぐ格式を持っていて、上級生は縞のズボンを穿いて得意がったものだった。

「どうだね？　高商は」

と私は安否を尋ねたが、もうどうでも宜い存在だった。鳥がいなければ、弓は要らない。

「面白いです」

「初めが大切《だいじ》だから、勉強の習慣をつけて、大いにやるんだね」

「善三郎さん、あなたは郷里《くに》で光子に英語の詩を教えて下すったんですってね？」

とそこへ春代さんが割り込んだ。

「えゝ」

「時々来て洋一にも英語を教えてやって下さいよ。毎晩下読みでウン〳〵言っているわ」

「賢さんに見てもらえば宜いでしょう」

「僕はもう英語は卒業だ」

と吉田君は超越していた。

顔が揃うと、兎角郷里の話が出る。春代さんは思い出したように、

「善三郎さん、あなたのところへ光子から何か便りがあって?」

と訊いた。

「いや、文通はしていませんから」

「そう?」

「お元気でしょうね?」

「えゝ。縁談が始まっているんですけれど」

「はゝあ。此方でですか?」

と私は覚えず乗り出した。

「いゝえ」

「郷里《くに》ですか」

「えゝ」

お饒舌な春代さんはつい口を辷《すべ》らせたのだった。進んで話したがらない。

「郷里のどういうところですか?」

「あなたと中学校で御一緒だったかも知れません。新屋敷《しんやしき》の庄司《しょうじ》の長男よ」

「恒二郎兄貴と同級です。慶応へ行っていたんでしょう」

「そうよ。無尽《むじん》会社へ出ているんですって」

「定ったんですか？」

「それが分りませんの。私は好い縁談だと思っているんですけれど」

「庄司なら格式も立派なものです」

と私は駈引を使って、賛意を表して置いた。

しかし気になったから、一週間ばかりたってまた出かけた。縁談は光子さんが進まないので取りやめになったと分った。

「むずかしい人ね、本当に。庄司なら何不足ないんですけれど」

と春代さんは残念がっていた。

光子さんは約束通り待っていてくれるのだった。私は安心して勉強した。方針がようやく定《きま》った。学院には西洋人が大勢いるけれど、英文学を専門にやった日本人の教師が一人もいない。神学者の宣教師が間に合せに英文学の講義を引受けている。在学中それを物足りなく思っていた私は、学院のために自身この欠陥を補いたいと考えた。学院は将来大学に発展するという噂があった。相当望みの高い光子さんだ。大学の先生なら満足してくれるだろうという自分の都合も手伝っていた。

そこで私は或晩松崎院長を訪れて、

「先生、僕はこれから三年間図書館に籠って勉強するつもりですが、将来学院の教師に使っていただけるでしょうか？」

と直接《じか》に当ってみた。

「君のことは考えている。中学部に欠員が出来次第何とかする」

「僕は中学部よりも高等学部の方が希望です」

「物には順序がある。いきなり高等学部は無理だ。中学部から叩き上げるのさ」

「はあ。分りました」

「勉強しているかい？」

「やっています。学院には西洋人の先生が大勢いますけれど、大学のように、英文学専門の日本人の教師がいません。学生を惹《ひ》きつけて学院を盛大にするには、やはり日本人の専門家が必要だと思います」

「それも考えている」

と院長はうなずいて、

「しかしそういう学者がナカ〳〵見つからないんだよ。大学々々というけれど、大学には英語の出来ない英文学者が多い。インブリーさんは何とかいう大学の教授に会って、あの英語で英文学が分るのだろうかと不思議がっていた。本当に英文学をやるには、西洋人と同じように英語が出来なければ駄目だ」

「はあ」

「君はどういう風に勉強しているんだね？」

「読む一方です。手当り次第やっています」

「読むと同時に話す方も勉強し給え。それにはニコル君に日本語を教えるのが好い練習になる。もう一つ書く方はどうだね？　やっているか？」

「いや、それは一向」

「読めて書けて話せるようにならなければ、中学部の教師としても本当でない」

「実際その通りですが、それには彼方《あっち》へ行って来ないと駄目でしょう」

「彼方へ行って来ても、上辷ばかりで、一向駄目な人がある。此方にいても、心掛け一つだ。大いにやり給え」

私は不得要領《ふとくようりよう》で引き退ったが、中学部の教師にだけは近いうちに使ってもらえることが分った。院長の目から見れば、私あたりは未だ雛っ子に過ぎない。英文学の先生とは大きく出たと思ったろう。院長は読む方は無論のこと、話す方も書く方も自由自在だ。講演を頼まれると、当然のことのように、

「日本語でやりましょうか？　英語でやりましょうか？」

と訊くのだった。先生には敵《かな》わない。

「大いにやり給え」

と私はいつも洋一君に言う。丁度私と洋一君ぐらい段が違うのだろうと思った。

冬休みに私はまた雪を冒して郷里へ帰る気になった。ドンガラ汁ではない。光子さんに会いたかったのである。文通を控えていたから、心許《こころもと》なかった。近いうちに中学部の先生になれることを話したかった。ついに決行した。しかし失望が待っていた。光子さんは両親のお供をして、湯治《とうじ》に行ってい

たのだった。

今度は早速山里へ顔を出した。

「おい。大丈夫か？」

と恒二郎兄貴が訊いた。

「先ず大盤石の積りだ」

「また積りか？」

「先ず大盤石だ」

「先ずが気に入らない」

「大盤石だ」

「来た序《ついで》に定めて行け。おれが話をつけてやる」

「自分でやるよ」

西洋の小説にかぶれていた私は、どこまでもロマンスで行かなければ気が済まなかった。

「縁談が時々あるようだぞ。おれはそれとなく警戒しているんだが」

「光子さんは断っている。大丈夫の証拠だろう」

「大丈夫でない証拠にもなる。お前と約束があると言い切っていれば、そう度々縁談は起らない筈だ」

「度々じゃない。一度だろう」

「いや、二三度あった」

「ふうむ？」

「その通りお前は甘いから危い」

と兄貴はまた頭ごなしにした。

雪中の帰省はどうもいけない。無事な顔を見せて両親と兄貴達を喜ばせたけれど、目的の光子さんには会えないでしまった。温泉まで追って行く口実《こうじつ》がない。因《ちな》みに長兄の嫁は妊娠中だった。間もなく生れたのが清《きよし》である。

## 鳥は飛んだ

春が来て、学校は新学年になったけれど、私は依然として図書館の番人とニコルさんの日本語の教師だった。欠員がないから仕方がない。

「もう一年待ち給え。足りなければ内職を探してやる」

と院長が言ってくれた。私はそれで満足だった。急ぐことはない。一年でも三年でも光子さんが待っていてくれると思った。

恒二郎兄貴から警告を受けて以来、情勢に通じて置くために、私は比較的頻繁に青山へ行った。葉桜の頃だったと覚えている。分家の叔母が来ていたには驚いた。

「イヨ〳〵夫婦別れだよ。お母さんが春代さんの身柄を引き取りに来た」

と吉田君が言った。

「どうしたんだい？　一体」

と私はます〳〵驚いた。

「妊娠だ」

「妊娠すれば夫婦別れか？」

「郷里《くに》へ帰って生むから、当分夫婦別れさ」

「何だ？　吃驚させる」

「分らなかったの？　もう来月よ」

と春代さんは羽織の袖を拡げて、ポンとお腹を叩いて見せた。平気な人だ。嗜《たしな》みということを少しも考えない。吉田君はそこを却って推称して、実に天真爛漫で純な人だと言っている。

叔母は、春代さんに代って炊事をする婆やをつれて来ていた。何から何まで用意周到だ。私も光子さんをもらえば、こういう面倒を見てもらえると思った。

「善三郎さんは相変らず学校の方ですか？」

と叔母が訊いた。

「はあ」

「もう先生でしょう?」

「いや相変らず図書館の番人です」

「会社へでも勤めれば宜《い》いにって、叔父さんが言っていましたよ」

「お母さん、そんなこと仰有ると叱られますよ」

と春代さんが側から口を出した。

五月末になって、私は去年の苺狩の清興《せいきょう》を思い出した。図書館へ来る懇意な学生両三名に、
と申出たら、喜んでついて来た。

「今度の日曜に苺を御馳走しようか?」

と申出たら、喜んでついて来た。去年と同じような五月晴れだった。雲雀が鳴いていた。富士山も見えた。私は道端の花を摘んで、

「君、これは何というか知っているか?」

と学生達に示した。誰も知らなかった。Forget me-not《フォーゲット・ミ ナ ッ ト》だと教えて、忠誠と友情の象徴《シンボル》になっていると説明した。苺を食べて下宿へ帰ったら、いつにないことに、恒二郎兄貴から手紙が着いていた。


馬鹿野郎。鳥は飛んでしまった。おれが言わないことじゃない。呆れかえって物が言えない。大馬鹿野郎。

と唯それだけが一寸角ぐらいの大きな字で書いてあった。

私は忽ち眼鏡が曇ってしまった。身体中汗をかいたのだった。眼鏡を外《はず》して、また手紙に見入った。兄貴は憤ったと見えて、紙面彼方此方《あっちこっち》に墨の散った跡があった。鳥は飛んでしまった！　私は郵便局へ駈けて行って、電報を打った。

「カクテイカ。ユク。ヘンマツ」

翌朝返電が来た。

「クルナ。ミナアトノマツリ。オチツケ。コノウエハジヲカクナ。アトフミ」

兄貴の手紙を待っていたら、思いがけなく、春代さんからハガキが着いた。

御無沙汰しています。私は安産、女の子です。光子こと良縁ありて婚約きまり、来月式を挙げます。家中新町《かちゅうしんまち》の相良《さがら》の長男正信《まさのぶ》さんです。陸軍中尉です。

恒二郎兄貴の手紙は委曲《いきょく》を尽していた。兄貴の推察通り、分家では売れ残りを私に廻すつもりだったのである。おれは絶えず警戒して、あれほどお前に注意したのにと歯ぎしりするように書いてあった。お前は文学と哲学で行ったが、分家は金だ。相良《さがら》は御家禄組の中でも屈指の金持だ。その上に陸軍中尉が利いている。正信は兄貴の同級生だから、おれも知っているが、おとなしい男で、軍人という柄ではない。戦争に出たけれど、金鵄勲章をもらわなかったのでもわかる。お前の鼻を明かすために光子さんをもらったのじゃない。何も知らないのだから、この点はよく理解してやれ。分家には分家の家風《かふう》がある。叔父も叔母も決して悪い人じゃない。子を思う一心でやったことだ。このために不仲を来すようなことがあってはならぬ。おれの見るところでは、一番の曲者は春ちゃんだ。春ちゃんがお光ちゃんを説いたのだ。しかしこれも図書館係のお前より陸軍中尉の相良の方が好いと思って、妹の幸福を計ったのだから堪忍してやれ。云々《うんぬん》。兄貴としては至って穏健な書き振りだった。

「善三郎、お前は陸軍中尉に見替えられたことを忘れるな。頼む。出世してくれ。分家の奴等に後悔させてくれ。おれは泣きながらこの手紙を書いている」

と結んであった。私も泣いた。

分家は金だということは分っていた。会社員を婿に望んでいることも私は疾《と》うから承知だった。その会社員を光子さんが断ったと聞いて安心していたら、思いも設けない軍人が横合から出て来て攫《さら》って行ってしまったのである。眼中に軍人のなかった私は想像に苦しんだ。果して光子さんの本心だろうか？　周囲の圧迫があったとすれば可哀そうなものだと思った。

冷静を取り戻すと共に、私はいろ〳〵と考えた。黙契《もっけい》が理解になったつもりだったが、仔細に吟味して見ると、疑問の余地がある。

「待っていたのよ」

「僕も待っていて宜いですか？」

「宜いでしょう。オホヽ」

要するに、これが精髄だ。待っていてくれると常に思っていたのは私の早合点だった。光子さんは待っていたのよと過去を使っただけで、待っていますとは言っていない。此方が待っていても宜いかという質問には、宜いでしょうと答えているけれど、何のために待っていて宜いのか、いつまで待っていて宜いのか、その辺は一向明かでない。オホ、と笑っているから、冗談だったと言われても、それまでの話だ。

ワシントン・アービングは婚約の恋人に死なれて、長い一生を独身で暮らした。恋人の使った聖書と祈禱書をいつも枕の下に置いて眠ったという。しかし私は回復が早かった。アービングの場合と違って、相手が生きている。しかも此方を陸軍中尉に見替えて嫁に行くのだ。剣《けん》は果してペンに勝《まさ》るか？　私は正信君と人生の土俵《アリーナ》で雌雄を決しなければならない。何方が生存の適者だったかを光子さんに思い知らさなければ男が立たない。そう考えると、クヨ〳〵していられなかった。

「猛虎の如く」

と私は蹶起《けつき》した。

夏休みに帰省した。光子さんは前月式を挙げると直ぐに名古屋へ行った。春代さんは疾うに東京へ帰っていた。貧乏の辛さは金がなくて苦労する上にその苦労を匿すのにまた苦労するから二重の負担だという。恋愛の失敗者もその通りだ。ひどい打撃を受けた上に、一向意に介していないように繕わなければならない。私は帰り着いた晩、好い顔をして分家を訪れたのである。

叔父が不在で、叔母が応待した。青山のことを訊かれたが、以来行かないから何とも答えようがなかった。叔母はさすがに手持ちが悪いようだった。

「光子もね」

と言い出すまでにかなり手間がかゝった。

「そう〳〵、お芽出度うございました」

と私は思い出したように祝意を表した。こういう目に会わされると、芝居が上手になる。

「丁度好い縁がありましたから、片付けましたよ」

「ちっとも知らなかったものですから、お祝いの電報も打ちません。失敬しました」

「いえ〳〵、どう致しまして」

「…………」

この辺までは私の方が優勢だったが、叔母は立って、写真を持って来た。新婚の写真だった。陸軍中尉相良正信君が礼装で勲章を下げて立っている傍《そば》に、光子さんがケバケバしい裾模様に高島田で椅子にかけていた。

「あゝ、この人なら少し覚えがあるようです」

「大きい兄さんの同級生ですから」

「そうですか？　道理で。中尉ですね」

「えゝ。今度陸軍大学校の試験を受けます」

「光子さんは綺麗に写っています」

「その裾模様は光子の註文でわざ〳〵京都へ染めにやったんですよ」

「桜ですか？」

「朝日に山桜です。軍人のところだから、朝日に匂う山桜にしましょうって」

「光子さんがですか？」

「えゝ。大変な意気込みでした。見合をすると直ぐ気に入って、スラ〳〵とお話が運びました」

私は間もなく辞去した。打ちのめされたように、ヨロヨロと外へ出て、覚えず空を仰いだ。星が一杯だった。

「おれも、おれも……」

と私は呟きながら歩いた。このまゝは朽ち果てられないぞと、固く心に誓うところがあったのである。

アメリカへ

陸軍中尉相良正信に恨みはない。しかし私は未製品なるが故に既製品の陸軍中尉に見替えられたと思うと、口惜しくて全身のほてるのを覚えた。光子さんもひどい。約束はなかったが、理解は確かにあったのである。

その晩、床についてから私は転輾反則《てんてんはんそく》、青山以来をそれからそれと考えた。理解どころでない。黙《もっ》

契《けい》があった筈だ。去年の初秋、別れる時、光子さんは門まで送って来て、さよならを言い交した後、

「善さん」

と呼び戻したのである。

「何ですか？」

「何でもないんですけれど。また来年ね」

「はあ。勉強して来ます」

「どうぞ。さよなら」

「さよなら」

私はその折の光子さんの言葉と表情と態度を思い出して、冷静に検討して見た。又来年ねとある。勉強して来ますに対して、どうぞと肯定《こうてい》している。

「あゝ、一遍手紙を書きかけたのだったが……」

と私は今更返らぬ後悔を痛感した。上京して間もなく、申込の文案を練ったのだが、それほど念を入れるには及ばないと考え直したのだった。また来年ねが利《き》いていた。

或は光子さんは待っていたのかも知れない。書信を一切控えていたから、此方だけで定めていても、それが充分先方に通じていなかったとも考えられる。私をもらっていただけるのでしょうかと先方から問合せることはできない。もう一方、私は吉田君を訪れても、胸の中は春代さんに明かさず、態々超然と構えていた傾向があった。冬休みに帰省しても、見識と遠慮に囚《とら》われて、温泉まで後を追わな

かったのである。会いたくて行ったのだが、これが却って逆効果を与えたかも計り難い。そこで不安定に悩んでいるところへ、手頃の縁談を持ち込まれて、周囲が勧めるまゝに、心ならずも納得したのだろう。

いや〳〵、手紙を書きかけて中止したのは、そんな必要がないと思ったからだ。黙契は確かにあった。意思は充分通じていた。朝日に匂《にお》う山桜！　自ら進んで嫁いだのだ。やはり未製品なるが故に待ち遠しくなって、既製品の陸軍中尉に見替えたのだ。

「もう考えない。相良正信を見返してやる。男の意地だ。人生の土俵《アリーナ》で闘って、何方が優者だったかを光子に思い知らせてやる。未練はない。あれくらいの女は東京に幾らでもある」

と結着をつけて、私は眠ることに努めた。

父母は何も知らない。長兄は恐らく恒二郎兄貴から話を聞いていたのだろうが、敢えて問題に触れなかった。翌朝、食卓で顔が会った時、

「恒二郎が待っているだろうから、早く行ってやれよ」

と言ったので、これは必ず連絡があると思った。

私は早速山里《やまざと》を訪れた。恒二郎兄貴は婿に入ってもう二年、家付娘穣子さんとの間に最近男の子を挙げた。嬉しかったと見えて、筆無精《ふでぶしょう》にも拘らず、例の一寸角で知らせて寄越した。男子出生、おれも滞りなく種馬《たねうま》の役を果した云云と書いてあった。分を弁えて、専ら家業を励んでいる。小学校時代、私を泣かせる子供があると、何時間でもそこの家の前に待っていて、必ずその子を泣かせて来る兄貴

だった。今度のことでは歯ぎしりを噛んでいるから、顔が合うと直ぐに、

「がっかりしたろうな」

と言って、慰めてくれた。

「実はそれで相談がある。乗ってくれるか？」

「今更もう仕方がないよ。鳥はもう飛んでしまった」

「鳥に未練はないが、このまゝじゃ男が立たない。そう思って、おれは昨夜泣いた」

私は分家の叔母から聴かされた話と見せられた写真について、深く感じたところを詳説《しょうせつ》した。

「おれはそれが厭だと思ったから、あんなに警戒したんだ。何故おれに委せなかった？」

と兄貴は嶮しく言うのだった。

「自力で行けると思ったものだから」

「甘いよ、お前は」

「うん」

「分家は学問よりも金だ。分っているじゃないか？」

「うん」

「お光ちゃんだって分家の子だ。春ちゃんでも分っている」

「光子さんだけは違うと思ったものだから」

「それだから甘いと言うんだ。牡鳥《おんどり》は牝鳥《めんどり》に、綺麗な羽を拡げて見せる。お前はお光ちゃんに文学と

哲学を拡げて見せたんだ。そんなものに感心するお光ちゃんじゃない」

「…………」

「相良は金モールと勲章を拡げて見せたんだ。牝鳥は光っているものを喜ぶ」

「…………」

「おれは光っているものが怖かったんだ。金が怖かったんだ。こういうことになってお前が泣くようじゃ可哀そうだと思って……」

「兄さん、堪忍しておくれ。おれが悪かった」

「これが子供の時なら、おれが行って相良を撲ってしまう。それで事が済むんだけれど、今更おれも持て余す。何と言っても仕方がない。綺麗に諦めろ」

「諦めない」

「えゝ？」

「おれは相良に敵《かたき》を討つ」

「そんな分らないことを言うものじゃない。相良は何も知らないんだ」

「相良に恨みのないことは分っているけれど、おれは相良に見替えられたんだから、相良以上の出世をして、見返してやる。日本有数の学者になって、光子さんに思い知らせてやる」

「それなら宜い。大いにやれ」

「ついては兄さんにお願いがある。金を二百円貸してくれ」

「どうするんだ？」

「アメリカへ行く」

先輩が多く渡米していた。先方に着きさえすれば、スクール・ボーイになって勉強が出来るのだった。私は思うところあって先輩の模範に従わなかったが、今はアメリカへ行って英文学を専攻する外に近路《ちかみち》がなかった。このまゝ日本にいたのでは、図書館の番人をしているうちに、相良は大尉になってしまう。中等教員では追っつかない。大学教授になれば、少佐や中佐ぐらい低く見下すことが出来る。それには本場へ行って英語を叩き込んで、本式に英文学を研究して来なければならない。

恒二郎兄貴は直ぐに承知したばかりでなく、私の決心と方針を褒めてくれた。喧嘩や勝負事の好きな男だから、一も二もなかった。

「おれも出すが、親父と兄貴に相談して、もっと出してもらおう。千円ぐらい持って行かないと心細い」

「いや、旅費が百円、見せ金が百円だ。後はスクール・ボーイをやるから困らない。先輩は皆それで行っているんだ」

「旅へ出れば、先立つものは金だ。まして遠国他国《えんごくたこく》どころか、アメリカじゃない？　明日おれが一緒に行って、親父と兄貴を説いてやる」

「宜いよ。俺が話すから大丈夫だ」

「この野郎！　又おれの言うことを聴かないのか？」

と兄貴は大喝《だいかつ》した。

一晩泊まって、私は家へ帰った。恒二郎兄貴がついて来て、両親と長兄へ話の口を切ってくれた。父は首を傾げた。母は吃驚《びっくり》したように私の顔を見つめていた。

「お父さん、善三郎も思いつめているんですから、これは是非叶えてやって下さい。出世のためです」

と長兄の幸介が執成《とりな》した。

「アメリカへ行かなくても勉強はできるだろうにな」

「いや、英語専門ですから、やっぱり本場に限ります。この辺の中学校の先生の日本《ジャパニーズ》・英語《イングリッシュ》じゃとても図抜《ずぬ》けません。虎穴《こけつ》に入らざれば虎児を得ずで、アメリカへ行かなければ、本当の英語は覚えられません」

「此方にいても、西洋人と一緒なら同じことじゃないか？」

「始終一緒じゃないんです。英語を話すのは西洋人に英語を教える時だけで、一週間に二度か三度でしょう。彼方《あっち》へ行けば、朝から晩まで英語です。寝言まで英語で言うようにならなければ本当でありません。境遇が変れば、気も晴れます」

「気が晴れるってのはどういう意味だ？」

「いや、薄暗い図書館の中で毎日コツ〳〵やっているんですから」

と長兄は慌てゝ取り繕《つくろ》った。どうやら私の立場を案じているらしく思われた。父は考えて置くと言って、即答を避けた。父母が立った後、私達は兄弟三人で話した。

「兄さん、相良正信は中学校で成績が好かったかい？」

と恒二郎兄貴が突如長兄に訊いた。

「相良か？　相当のところだったろう。秀才じゃないけれど、努力家だった。人物も申分ない」

「中佐ぐらいまで行くか知ら？」

「大佐までは請合だ。大学へ入れゝば将官まで行くだろう」

「それじゃ善三郎も張合がある」

「善三郎」

と長兄は私の方へ向き直った。

「うん」

「相良正信を見返してやれよ。日本一の学者になれ」

「うん」

「お父さんお母さんには必ず承知してもらってやる」

「兄さん、恒二郎兄さんも、有難う」

と言って、私は両手をついた。

## 異境第一年

——某月某日、私はインデアナ州大学教授ピーター・ピーターソン博士の邸宅の小ぢんまりした一室に私自身を見出す。家郷万里《かきょうばんり》、天涯《てんがい》の孤客《こきゃく》だけれど、教授夫婦の親切が心を慰めてくれる。ピーターソン博士は恩師松崎先生の級友である。私は松崎先生の斡旋《あっせん》によって当大学にスカラーシップを得、昼は講筵《こうえん》に列し、夜は自由の研学を楽しむ。私はこの機会を最もよく利用しなければならない。云々。

これはその頃の日記の一節だ。英語の勉強になると思って、初めは毎日英文で認《したた》めたが、そう〳〵は続かず、大いに感じた時や何か珍らしいことがあった時に書き残すことにした。私は父兄からかなりの用意金をもらって来たし、学院長松崎先生の推薦で、インデアナ州立大学のスカラーシップを得たから、苦学はしないで済んだのである。殊に英文学の先生の家に置いてもらえるのが有難かった。この一節にはその折の感激と発憤がよく現れている。

在米六年、その間の生活を書き立てゝは果しがないから、日記の抜萃《ばっすい》で間に合わせよう。読み返すと、若い盛りの自分に繞《めぐ》り会うような気持がする。

——某月某日、此方へ来て一番驚いたのは美人の多いことだ。こゝの家にしても、夫人が美しい。Beautiful ではないが、Charming だ。博士夫婦には子供がないけれど、甥や姪がよく出入する。この姪達が皆美しい。女中のメリーも日本なら美人の部類だろう。同学の女性達にも綺麗な人が多い。時稀《ときたま》醜いのもいるけれど、アメリカは美人国だという感が深い。

日本では、色が白くて鼻筋の通っているのを美人とする。中高《なかだか》が美人で、中凹《なかびく》はおかめの面でも分る通り、美人の資格を欠く。西洋人は皆鼻が高いから中高だ。中には中高過ぎて、天狗の面を連想させるような男もある。白晳《はくせき》人種だから、色は必ず白い。色の白いは七難隠すという。その上に中高で鼻筋が通っているから、女は皆美人ならざるを得ない。云々。

大いに感心している。元来私は美に弱い。今までの失策《しくじり》がそれを証明している。顔が綺麗だともうそれで無条件だ。差当りは目に見る女性悉く美人なので溜息をついた。同学に鼻の高い美人がいて、殊に私の注意を惹いた。

「何という綺麗な人だろう！」

と或日私が感嘆したら、同級生の一人が笑って、

「君、あれはユダヤ人だよ」

と言った。ユダヤの人は鼻が二段になっている。中凹の多い日本に生れた私は、中高に重きを置き過ぎていたのだった。

――某月某日、夕食中、ピーターソン博士が君の家はサムライかと訊いた。サムライだと答えた。刀があるかと訊く。沢山あると答える。先生のお父さんはもう亡《な》いが、若い頃日本へ漫遊に来て、刀を一本買って帰ったのである。先生はそれを出して来て鑑定を求めた。私もサムライだと答えたからには、勿体をつけなければならない。ハンカチをくわえて、徐《おもむ》ろに鞘を払い、鍔元《つばもと》から切先《きっさき》までじっと見送った。

「刀を見る時にはハンカチをくわえるものですか？」

と博士が興味をもって尋ねた。

「白紙をくわえますが、ハンカチで間に合わせました。息がかゝるといけません」

「成程。誰の拵えた刀でしょうか？」

私は目釘《めくぎ》を抜いて、銘を調べた。兼定《かねさだ》とあった。正宗村正《まさむねむらまさ》以外の刀鍛冶を知らない鑑定家だから心細い。備前長船《びぜんおさふね》に昔から刀を鍛えるところがあったことは聞いていた。

「先生、これは備前長船の名工兼定の作です。日本でも容易に手に入らない名作です」

と鑑定した。先生は大喜びをして、

「もう一つ父の日本の記念品があります。赤い判が捺してありますから、徳川幕府の重要書類かと思います」

と言って、一枚の紙片を持って来た。

私はもう少しで笑い出すところだった。それは吉原《よしわら》の女郎屋《じょろうや》の勘定書《かんじょうがき》だった。先生の厳君《げんくん》は同行の友人と共に角海老《かどえび》という家で三十二円五十銭の散財をしている。

「これは珍らしいものです」

「何ですか？　一体。骨董的価値《こっとうてきかち》のあるものですか？」

「いや〳〵、御尊父の人格を語るものです」

「何と書いてありますか？　読んで下さい」

と奥さんも覗き込んだ。

「金三十二円五十銭です。これは御尊父が不幸な婦人を救済する慈善事業に御寄附になった受取証です」

「成程。父は慈善家の方でした」

と博士はうなずいた。

「しかし……」

「何ですか？」

「右の手の為したることを左の手に知らしむべからずとキリストが教えていますから、こういう寄附金の受取証は、人にお見せにならない方が、御尊父の御精神に叶うと思います」

と私は念を入れた。云々。

ピーターソン博士は私のことを若いサムライと呼ぶことがあった。冗談の好きな人だった。私が持って行った忠臣蔵の英訳を読んで、サムライに興味を持ったのだろう。丁度その頃、弟思いの恒二郎兄貴が驚くべき無茶英語《ブロークン・イングリッシュ》で博士のところへ感謝の手紙を寄越した。サムライ・ゼントルマンなる弟を宜しく頼む。御親切のお礼として日本に於ける最も悪いものを送るというのだった。博士は手紙を私に示して、一番悪いものを送るというのはどういう意味かと不思議がった。日本では謙遜《けんそん》して、つまらないものを差上げるという。兄貴はその積りで最高級を使って日本に於ける最も悪いものと書いたに相違ない。何を送って来るかと思っていたら、羊羹が着いた。私はもう英語で書かないようにと注意してやったが、兄貴はその後も度々、日本英語《ジャパニーズ・イングリッシュ》の見本を提供して博士を興がらせた。

日露戦争後間もない頃だったから、戦勝国の日本人は肩身が広かった。アメリカは徹頭徹尾日本贔屓だった。講和談判でも日本はアメリカに負うところが多かったのである。アメリカは教え子の日本がようやく一人前になったのを喜んでくれた。当時私はインデアナポリスにいる唯一の日本人だったから、注意を惹いたのだろう。未知の人が途上で会釈をしたり話しかけたりしてくれることもあった。

——某月某日、放課後BHMその他と一緒に校内を散歩していたら、同学の佳人が一組通りかかった。その一人がニコ〳〵笑いながら、特に私を目がけて進み寄り、

「プリーズ」

と言って、足を差し伸べた。靴の紐が解けたのだった。仕方がないから、私は結んでやった。佳人は軽く会釈して仲間に投じ去った。

「君は巧いことをしたな」

とBが言った。

「何だい？」

「佳人の靴の紐を結んだから」

「あれは僕を侮蔑したのじゃなかろうか？　僕が日本人だものだから、わざ〳〵僕に結ばせて」

と私はその瞬間、胸に湧いた疑念を表白《ひょうはく》した。

「それどころか、光栄だよ」

「女の靴の紐を結ぶのが光栄かね？」

「妙齢の佳人が旅の空で難儀していると仮定して考えて見給え。そこへ我々武士《カバリヤーズ》が数名通りかゝる。助けてもらいたいが、後々の責任も計算に入れなければならない。その際佳人は末の末まで頼もしそうな一人を選択するのが本能だろう？」

「成程」

「あの佳人は君に白羽《しらは》の矢を立てたんだ。後から恋仲になることも辞さないという含蓄《がんちく》がある。これ以上の光栄はない。君は迷惑そうだったが、僕達ならサンキ・ユーと言って、大喜びで御用を足すところだ。ねえ、H君」

「千謝万謝《サウザンド・サンクス》だ」

とHが語声を強めて同意した。

女を尊敬することは知っていたが、女の靴の紐を結ばせられるのが光栄とは聊《いささ》か驚いた。云々。

——某月某日、今日は公園の一隅で夫婦喧嘩を見た。Bと一緒だった。隣りのベンチで若い男と女が議論を始めた。ダン〳〵声が高くなるけれど、同時に速くなるので、私には聞き取れない。

「君、猛烈な夫婦喧嘩が始まる。目の角《かど》から見てい給え」

とBが言った。見ない振をして見ていることだ。

男が女を叩いた。アメリカの女房は日本のそれのように、「さあ、殺して下さい」なぞと消極的な戦術を用いない。積極的に一対一で行く。直ぐに飛びかゝって叩き返したのみならず、組みついて捩《ね》じ伏せてしまった。此方はもう目の角からどころでない。立ち上って見ていた。奥さんの方が遙かに大兵《たいひょう》だから、腕力も当然強い。夫君は少時《しばらく》倒れたまゝだった。細君は油断なく構えて、側に立っている。夫君が手を伸ばして握手を求めた。細君は直ぐに応じて起してやった。同時に二人は相擁して熱烈な接吻をした。それから手に手を取って、何事もなかったように歩いて行った。

「あれでもう仲が直ったんだよ」

とBが説明した。

「驚いたな。あゝいうのが時々あるのかい？」

「滅多にない。僕も初めて見た」

「奥さんの方が強い」

「当り前さ」

「何故？」

「女だもの」

「奥さんの方が大きい」

「あゝいうのは家庭でやると、亭主の頭の上で椅子を破《わ》る」

「敵《かな》わないなあ」

と私は夫君に同情した。椅子で頭を撲るという意味だ。それぐらいのことは仕兼ねない権幕だった。何しろ大兵で力があるから敵わない。アメリカの男女同権には体格的の基礎がある。西洋の女には男

より強いのが多い。日本人は、
　弱きものよ、汝の名は女なり
(Frailty, the name is woman.)

という誤訳から、西洋でも女は弱いのだろうと思っている。Frailty は弱きものでない。心の変り易いものだ。

夕食の卓上、私は公園の見聞と以上感じたところを話したら、博士は大笑いをして、アメリカの婦人は弁力の上に腕力を持っていると言った。奥さんは平常私の観察を一々褒めてくれるのだが、どうしたものか、黙りこくって眉を顰《ひそ》めていた。私はしまったと思った。学生間に Peterson《ピーターソン》 the《ザ》 Henpecked《ヘンペックト》（奥さん天下のピーターソン）という異称のあることを知ったのである。尚お奥さんの方が教授より遥かに大柄だ。云々。

——某月某日、ピーターソン博士は夜分私の部屋に来て話し込むことがある。その折は書斎の煖炉《チムニー》が燻《くすぶ》って困るからと言う。私はそういう機会を極力利用して、文学談を持ちかけた。先生の造詣《ぞうけい》は深い。必ず何か得るところがある。

今朝メリーが私の部屋へ掃除に来て、

「ピーターソン博士は昨夜何時までこゝにいらっしゃいましたか？」

と訊いた。

「十時過ぎまででしたろう」

「昨夜は大分燻《くすぶ》りましたから」

「よく燻る煖炉《チムニー》ですね？」

「ミシス・チムニー」

「え？」

「奥さんでございますよ」

「はゝあ」

私はようやく分った。奥さんが燻るのだ。奥さんが口喧《くちやかま》しくなると、博士は私の部屋へ難を避けるのだった。そういえば、一度戻って行って、

「まだ燻っていますから」

と断って再び喋りこんだこともあった。ミシス・チムニーか？　綺麗な人だけれど、やはりナカ〳〵むずかしいのだろう。云々
六年間の日記だから長い。読み返すと種々《いろいろ》思い出して、人も場所も悉く懐しい。インデアナポリスの町の一角が絶えず頭の中に浮んで来る。今までのところは最初の一年間から真《ほん》の一部分を採録したに過ぎない。

材料豊富で持て余すけれど、昨今は特にアメリカの生活と民主の精神を伝える必要もあるから、もう少時《しばらく》日記の抜萃《ばっすい》を続ける。中高《なかだか》の美人国だ。心の歴史も何頁かある。

# 美人国の思い出

江辺楓落菊花黄《こうへんふうおちてきくかこうなり》　少長登高一望郷《しょうちょうたかきにのぼっていっにきょうをのぞむ》
九日陶家雖載酒《じっとうかさけをのすといえども》　三年楚客已霑裳《ねんそかくすでにしょうをうるおす》

万里の異境にいると、親兄弟の安否が常に気になる。秋は殊にその切なるものがある。アメリカの秋は豪華だ。菊花はないが、楡《エルム》の紅葉が美しい。日本も今頃はと思うと、望郷の念が油然《ゆうぜん》として湧いて来る。

私は写真を撮って家郷へ送る決心をした。兄達からの手紙の中に度々その注文があったけれど、つい延び〳〵になっていたのである。写真を写す決心をしたというのはそこだ。三年楚《そ》客《かく》ではなくて、私は在米一年と少々だった。年齢二十五、もう一人前の男として、清が保証する通り、何処の馬匹共進会へ出しても引けを取らないようになったが、それは日本人としてである。アメリカにいる日本人は自分の貧弱さを感じさせられる機会が多い。大きい人のいるに驚く。私より小さい人もいるけれど、大体に於いて、私は素人が相撲の社会へ入っているような心持がするのだった。殊に気の引けるのは色の黄色いことだ。日本では単に浅黒いぐらいに考えていても、白い連中の間にはさまると本当に黄色い。或日、町を歩いていて、ひどく黄色い顔の男をチラリと認めた。仲間があると思って意を強くしたら、それは店の鏡に映った自分の顔だった。

こういう次第だから、私は右から左へ「おい、それ」と写真を写す気になれなかった。決心をして市一流の写真館フィリップ・アダムズへ志したのである。入口へ差しかゝった時、二階の窓から、ハローと呼びかけた娘があった。ハローと私も答えた。いつか校庭で靴の紐を結ぶ光栄を与えてくれて以来学校で時折顔が会うと会釈《えしやく》をしてくれる女学生だった。入って行ったら、もう下りて来ていて、愛想好く迎えてくれた。私が日本の両親へ送るために写真を写して貰いたいと言ったら、父親のアダムズ氏を呼んで来て紹介した。

「これは学校の友達です。日本の許婚《フィアンセ》へ送るんですから、特別念入りに」

と冗談を言って笑う。

写真を写した後、日本の話を聴きたいからと客間《パーラ》へ案内してくれた。アダムズ氏もついて来て、自分も大の日本贔屓だと言うのだった。ロシヤをゴリアテに、日本をダビデに譬《たと》えて、褒めてくれた。日露戦争直後はアメリカ中こういう傾向だったと思うと、隔世《かくせい》の感がある。母親も出て来て、しきりに日本のことを訊いた。芳紀《としごろ》の娘の母だから、四十を越しているに相違なかったが、これがまた絶世の美人だった。中高国《なかだか》にいると、女という女が美人に見えて仕方がない。

日本に興味を持つアメリカ人は日本人と話しこむと、大抵カタナとサムライに触れる。これはカタナ、サムライ、ハラキリが英語になって、辞書に載っているからだろう。そこを狙って、サムライ商会と称する日本人経営の骨董屋もあったくらいだ。

「丸尾さん、あなたは矢張りサムライですか？」

とアダムズ氏が訊いた。

「はい。サムライ階級《クラス》に属します」

「それならハラキリを見たことがありますか?」

「見ました。短いカタナで腹《アブドーメン》を十文字に掻き切ります。鮮血淋漓《せんけつりんり》として……」

「大いなる神様よ!」

吃驚すると、こう言うのである。ミシス・アダムズは卒倒しそうになった。彼方では高級をもって任じる淑女ほど卒倒の努力をする。

「芝居で見たんです。御安心下さい」

「これは美事に引っかゝりました。ハッハ、、」

「奥様、失礼申上げました」

「いゝえ、もう」

と回復も早い。

血腥《ちなまぐさ》い話は禁物だ。平和主義の国民だから、殺伐《さつばつ》なことを嫌う。芝居の舞台では筋書の上から殺される人物があるけれど、一旦下った幕がまた上って、殺した方と殺された方が相並んで現れる。見物に向ってニコ〳〵しながらお辞儀をするから、今のは本当でなかったという証明になる。見物も安心して手を叩く。

「日本人は魚を生《なま》で食べると聞いていますが、本当ですか?」

とミシス・アダムズが肩をすぼめて質問を提出した。そんなことはないと私は答えたけれど、或る旅行記にこの国の人は生の魚に醬油《ソース》をかけてペロ〳〵食べると書いてあったと言った。成程、刺身のことだと気がついて、物も言いようだと思った。魚を生で食べると言うと、いかにも野蛮人らしく聞える。サシミという字が英語になっていないには困った。刺身ナイフと称する特別のナイフを使って、こういう風に切って、こういう風に並べてとその美術的なことを説明するのに大骨を折った。

魚から蛸の話が出た。あれは英語で悪魔魚《デブル・フイッシュ》と呼ぶ。名の悪いためか、西洋人は、少くともアメリカ人は食べない。殊にインデアナは海へ出るまで三州も四州も越さなければならない山の中だから、主人公も奥さんも蛸の形状を知らないと見えて、一体どんなものかと訊くのだった。

「烏賊《いか》は十本ですけれど、蛸は八本の脚を持っています。お待ち下さい。図解《イラストレート》しましょう」

と言って、私は蛸の絵を描いた。そうして、

「この脚は皆沢山の吸盤《きゆうばん》を持っています。付け根の方へダン〳〵と太くなって行って、股と股の間に口があります。それから……」

と説明を続けた。

何だか音がしたと思ったら、ミシス・アダムズが椅子に落ち沈んで喘《あえ》いでいた。何かに驚いて卒倒したのだった。アダムズ氏は私を顧みて呵々大笑しながら、夫人の背中を撫ぜてやった。直ぐに本復したが、娘ミス・ジェーンは窘《たしな》めるような目つきをして私を見据えた。成程と私は気がついた。股なぞという言葉は紳士と紳士の間の話で、苟《いやし》くも淑女の前では口に出すべきものでないのだった。

「丸尾さん、日本のオビ、綺麗ですってね？」

とミス・ジェーンが気を利かして、行き詰った話題に転換を与えてくれた。オビも英語になっている。

「日本婦人の服装美はオビとフリソデにあります。オビには絢爛な刺繡を施しますが、フリソデには芸術的な模様を染め出します。例えば朝日に匂う山桜……」

と説明して、私は相良正信と光子さんの新婚写真を思い出した。そのためにアメリカへ来ているのだ。

「これはこうしちゃいられない」

と覚えず屹となって、

「もう大分お邪魔申上げましたから」

と辞去の意思を表明した。

写真は私が受取りに行かないうちに、ミス・ジェーン・アダムズが学校で私を探して渡してくれた。三枚写してくれて、何れでも気に入ったのに定めるというのだった。三枚とも瀟洒《しょうしゃ》たる青年紳士に写っていたのは、修正に特別念を入れてくれたのだったろう。

「如何にもスマート。日本の許婚を喜ばせるに充分でしょう」

「そんなもの薬にしたくてもありません」

「本当？」

「はい」

「序《ついで》にあなたは散歩する時間を持ちませんか?」

「どうにでも都合をつけます」

私は授業をすっぽかしてお供をしたのだったかも知れない。校庭《キャンパス》は広い。日本と違って、アメリカの大学は大仕掛だ。丘もあれば小川もある。

「日本のお話をもっとお聴かせ下さいますか?」

「喜んで。しかし私は婦人と話すのが恐ろしくなりました」

「何故?」

「直ぐに卒倒しますから」

「私は大丈夫」

「それに私は英語が未熟ですから」

「それどころか! 母は感心して、あの方《かた》は何年此方にいるのですかと訊きました」

とミス・ジェーンは私の英語を褒めてくれた。アメリカ人はお世辞が好い。皆何年アメリカに来ているのかと訊いて、非常に驚いたような表情をする。

広い校庭を明眸皓歯のミス・ジェーンと話して歩くのは嬉しかった。ミス・ジェーンはブロンドで、金色の髪が日を受けると光り輝くように見える。

「ミス・アダムズ」

「何ですか？」

「僕、アメリカへ来てから一番深く感じているのは婦人が美しいことです。取り分けて美しいあなたと、こうして散歩することを多大の光栄と思います」

と私は心のまゝを口に出した。

「丸尾さん、私も同じよ。日本を代表する若者《ヤングマン》と交際願えるのを光栄と存じます」

「有難いです」

「あなた覚えていらっしゃる？　そら、いつか」

「えゝ。靴の紐ですか？」

「そうよ。あの頃から御交際を願いたいと思っていましたの。日本が大好きですから」

「あれから時々お目にかゝりましたね」

「えゝ。あなたが家へお出になった時は嬉しかったわ」

ミス・ジェーンは私より四つ下で二十一だった。この間の誕生日で十台《チーンズ》を脱したと言ったから、満二十になる勘定だ。しかし学校は私より二年上だから恐れ入る。

「丸尾さん、あなたは文学をおやりですってね？」

「えゝ。英文学を専門にやりたいと思っています。あなたは？」

「私、社会学よ。あなたは日本へ帰れば教授《プロフェッサー》でしょう？」

「その積りですけれど」

「私も日本へ行きたいと思っていますわ。社会学をやって置けば、社会事業のお手伝いが出来るでしょう」

「日本には宣教師が大勢来ています。社会事業もやっているようです。僕の卒業した学校はミッション・スクールです」

望郷の念に駆られて写した写真がこの金髪美人と私の間に交際を結んでくれたのだった。校庭散歩が数回続いた。嬉しいことは黙っていられない。或日、私は学校の帰りに親しい同級生バーミンガム君とハリソン君に艶福の次第を発表した。

「幸福犬《ラッキー・ドッグ》！」

と一喝して、ハリソン君は私の背中をどやしつけた。図体が大きいから力も強い。私は独楽《こま》のように二三回廻って、五六歩よろめいた後、漸く安定を取り戻した。

バーミンガム君も無論祝してくれた。ハリソン君の下宿へ寄り込んで、若い三人は恋愛問題に話の花を咲かせた。ハリソン君は林檎を食べながら、思い出したように、剝《む》いた皮の一連を空に投げて、床の上に落ちた形を仔細に見守った。

「駄目だ」

「僕も一つ」

と言って、バーミンガム君が自分の剝いた皮で同じことをした。

「これは少し有望だぞ」

「何だい?」

と私は訊いて見た。自分の剝いた林檎の皮が意中の人の名前の頭文字の形に据れば恋愛が成就するというのだった。私は早速試みた。林檎の皮は空中で二になった。落ちて据った形は二つともJの字に似ていなかったと記憶する。

ピーターソン博士には無論打ち明けなかった。しかし一緒に散歩しているところでも見たのか、或る晩夕食の卓上で問題に触れた。

「丸尾君、君は女性の友達が出来たようですね」

「はあ。二級上の人です」

「交際も結構ですが、数の中には浮気者《フラート》がいますから、気をつけることです」

「はあ」

「本当ですよ、丸尾さん」

とピーターソン夫人も注意してくれた。

恒二郎兄貴は相変らず羊羹を送って寄越した。度々のことだから、博士夫婦はヨーカンという日本語を覚えてしまった。折から羊羹と家郷の駄菓子の狐面のおこしを送って来たのだった。手紙が入っていて、狐面を添えた心は故郷を忘れるなという教訓だぞと書いてあった。土地に慣れると油断が出る。中高の美人国だなぞと言うのが気にかゝる。アメリカ三界まで行って第二のお光ちゃんを拵えては大変だというようなお説法だった。故郷は忘れない。忘れねばこそ、望郷の念に駈られて写真を写して送ったのである。兄貴、取越し苦労をすると思った。

人生愚挙多し。気の多い人間はどうもいけない。私は第三回の（しかし比較的軽い）愚挙に陥りかけていたのだった。そういう危い時に限って、先輩の注意や肉親の意見を馬の耳に春の風と聞き流す。

冬になってからはもう散歩も出来なかった。

「もう日本のお話承われませんね」

とミス・ジェーンが歎いた。家へ遊びに来いとは言わない。そう来れば本式だが、そう来ないところを考えて、悟りを開く必要があったのである。春になってまた校庭散策が始まった。初夏の候だったと記憶するが、小川の岸の草を敷いて、二人は長いこと話した。いつも日本の話だった。

「丸尾さん、私、去年からあなたと御交際を願っていながら、日本語を一遍も伺ったことがありません。日本語で話して下さい」

「しかしお分りにならないでしょう」

「分らなくても宜いの。何でも思うことを日本語で仰有って見て下さい」

「お早う」

「それぐらい知っているわ。グッド・モーニングはOhio州。お隣りですわ」

私は言うことを思いついた。

「ジェーンさん、私はあなたをお嫁に貰いたいんです。何うぞ私の家内になって下さい」

「…………」

「分りましたか?」

「分りませんわ」

「今日は天気晴朗で一点の雲もないと言ったんです」

「もう一つ何か?」

「あなたが御承知下さることを信じています。大丈夫でしょうね?」

「………」

「分りましたか?」

「分りません。お仕舞いの方は質問でしょう?」

「えゝ、大分長く話しましたから、もうソロ〳〵帰りましょうと言ったんです」

「帰りましょうね」

その後の散歩に私は英語で申込む絶好の機会に接した。やはり同じ小川の岸で話している間に、

「私、早く日本へ行きたいと思いますわ」

とミス・ジェーンが言い出したのだった。

「参りましょう。御一緒に」

「でも、あなたはもう三年此方でしょう?」

「えゝ。三年かゝるか四年かゝるか知れませんが、将来のお話です」

「私、日本のことを考えると、いきなり夜が明けたような明るい心持になりますの。種々《いろいろ》のことが私

達を待っていると思います」

「新しい楽しい生活が待っています」

「えゝ。新しい生活です。そうして楽しい生活だろうと思います」

「ミス・ジェーン、あなたは私が好きですね」

「好きですとも。それだからこうして時々御一緒に散歩するんじゃありませんか？」

「それじゃ、ジェーンさん、僕、真剣に考えていることを……」

とまで言った時、

「おゝ、ミス・アダムズ」

と呼ぶ女性の声が聞えた。

「おゝ、ミス・ウッドワース」

と応じて、ミス・ジェーンが立ち上った。

「丁度好いところでお目にかゝりました。会のことであなたに御相談がありますの」

私に取っては丁度悪い所だったが、二人で話し始めてしまったから仕方がない。婦人第一の国だ。

私は二人の後について歩き出した。

それから後はもう機会に恵まれなかった。確か試験が始まったからだと思う。もう散歩をした覚えもない。夏休みが来て、私はバーミンガム君の郷里へ遊びに行った。かねがねアメリカの田園生活を見せてやるという約束だった。バーミンガム君の家はその地方屈指の大百姓で、その規模には箱庭日本の青年を驚かすに足るものがあった。私は殆んど夏中厄介になった。バーミンガム君は私を自慢に彼方此方へ連れ廻ったばかりでなく、会を催して私に初めての英語講演をやらせてくれた。私はこの豪農の家庭の款待《かんたい》を今でも懐しく思い出す。

バーミンガム君の所を辞した後、出序《でついで》だと思ってミシガン大学にいる先輩を訪れた。異境で会う同国人は格別だ。湖水にボートを浮べて旧交を温め、来遊を強要して帰途についた。その汽車の中である。

私は若いアメリカ人を隣席に見出した。というよりもその人の隣席が空いていたから、坐ったのだった。

「失礼ですが、あなた日本人でしょう？」

と先方から話しかけた。

「そうです。日本人です」

「私は来年あたり日本へ行く予定になっていますから、殊に日本に興味を持っています」

と言って、身の上を語り始めた。ミシガンのもので、神学校を出た後二年間の研究科を卒えて、日本へ伝道に行くのだそうだった。私がミッション・スクール出身だと言ったら、大層喜んで、それからそれと日本の基督《キリスト》教界のことを尋ねた。

「時にあなたは何処にお住いですか？」

と此方のことは余程後から問題にした。

「インデアナポリスにいます」

「はゝあ。私もインデアナポリスまで行くのです」

「それは丁度好い都合です。日本のことは何なりとお話し申上げます」

「お見かけしたところ、あなたは日本から留学に来ていらっしゃるのでしょう?」

「はあ。インデアナポリスの大学で勉強しています」

「はて、益〻奇遇です。あすこには私の知ったものがいます。それを訪ねて行くのです」

「はゝあ」

「女学生ですから、御存じないでしょうが、ミス・ジェーン・アダムズというものです」

「知っています。写真館のフィリップ・アダムズさんの令嬢でしょう?」

「そうですよ」

益〻話が合う。

「御親類ですか?」

「いや、私の父がアダムズさんの親友です」

「それは〳〵。私もアダムズさんと御懇意に願っています」

「大分離れていますが、夏は家族同志で行ったり来たりします。現に父が行っています。私もこの間まで行っていたんですが、母が病気をしたため、ちょっと帰って来たんです」

「当分御滞在ですか?」

「はあ。そういう親しい関係ですから、いつの間にかジェーンと私の間に理解がついて……」

「はゝあ」

「二年前に婚約が成立しました。ジェーンは来年卒業すると直ぐに私と一緒に日本へ参ります」

「はゝあ」

「信仰の堅い女性ですから、ミッショナリの内助に好適です。婚約以来日本のことを大分研究したと見えて、相当な日本通になっていましたよ」

「…………」

「実は私の父も牧師です。若い頃、インデアナポリスで牧師をしていたこともあります。アダムズさんはその頃の教会員です」

「…………」

　私は女ばかりが卒倒するものでないということをこの時初めて体験した。余り驚くと、健康の絶頂にいる男でも脳貧血を起す可能性がある。最初は「はゝあ」と言った時、私はフラ〳〵ッとして、周囲がグル〳〵と廻るようだった。続いて二度目の「はゝあ」を発した刹那は、坐っていたから凌《しの》げたものゝ、若《も》し立っていたら倒れたに相違なかった。それから後はもう話が会わないから、若い宣教師志望者に喋れるだけ喋らせて、成程、ミス・ジェーンは日本の話を喜ぶ筈だったと、あれやこれやを思い繞《めぐ》らすのに頭の中が忙しかった。

# 友達

――某月某日、ミシガンから帰着、旅行で疲れている上に、打ちのめされたような自分を見出す。丸尾善三郎よ、汝は大馬鹿《ビッグ・フール》である。汝は女性に対して特別の敏感を持っている。この弱点と共に、生来の己惚《うぬぼれ》が汝の躓石《スタンブリング・ブロック》になる。日本で何をしてアメリカへ来たか、よく考えて見ろ。ミス・ジェーン・アダムズを恨んではならない。これに懲りて以来慎め。云々。

――某月某日、ミス・ジェーンから電話があったので、アダムズ家を訪れた。ジェーンは改めて許婚《フィアンセ》のジェームズ・パーマー君を紹介した。パーマー君は僕が一年間ジェーンに尽した親切に対して深甚な謝礼を述べた。二人の睦まじいところを見せつけられて汗をかくばかりだった。よく汗をかく男である。辞して街頭へ出た時、満月を仰ぎながら、

「丸尾善三郎よ、汝は第一結晶の馬鹿《ファースト・オーダー・フール》である」と自分に言い聞かせた。星空の場合は悲しかったが、今日は可笑しかった。云々。

ミス・ジェーンに関する記入はこれが最後になっている。もう散歩に誘われても断ったと見える。中高の美人国には胆略《たんりやく》に富んだ佳人が多い。その愛嬌を正札で買うと、こういう大失策《おおしくじり》をする。実地教訓を受ける為めに、私は一年間月謝を払ったのだった。薬が利いて、又勉強一方に戻った。

私はインデアナポリスに六年いた。終始一貫ピーターソン博士のところでお世話になったのだから、

アメリカ生活の全部をこの夫婦に負う勘定になる。私の恩人録には松崎院長の次にピーターソン夫婦が挙げてある。もう一人忘れられないミラー教授がいる。この先生から哲学方面の指導を受けるために、つい長逗留をしたとも言える。バーミンガム君やハリソン君を初め親しい友達も大勢出来た。それだから私はアメリカといえばインデアナポリスを思い出し、インデアナポリスといえば、楽しかった学生生活を思い出す。

最近アメリカの某雑誌にインデアナポリスのことが出ていた。私は故郷からの便りに接したように懐しく読んだが、内容は甚だ香《かんば》しくなかった。凶悪な犯罪が多い。暴行殺人強盗の頻発で市とその周囲が恐れおのゝいているというのだった。各家番犬を飼い、婦人も武装していなければならない。私の住んでいたメリデアン台で金持の奥さんが殺されている。どの犯罪にも黒人が筋を引いているらしい。市には六万五千の黒人がいて、これが人口の十五パーセントに当るとある。或晩メリデアン台の市民クラブに有志二百五十名が会合して、知事に与える公開状を草案した。警察と裁判所の協力が欠けているから、政府の調査を求めるというのだった。しかもその会合中に四名の婦人が襲われ、三名の男子が袋叩きに遭った上に物を奪われている。

この記事がきっかけになって、三十何年前のインデアナポリスが私の頭の中に浮んで来た。メリデアン台は高級住宅地で、総長もミラー教授も手近に居を構えていた。私の部屋からは全市を見渡すことが出来た。その印象が色彩まで帯びてそのまゝに再現する。名も覚えていない町角の光景が如実《によじつ》に盛り上る。バーミンガム君やハリソン君と肩を組みながら、そこを歌って歩く私はまだ〳〵若かった。

一番初めに私と口をきいたのはバーミンガム君だとバーミンガム君が言う。いや、僕の方が先だったとハリソン君が主張する。二人はそれくらい私との交際を喜んでくれたのだった。もう一人、フォックスという男があった。狐だ。アメリカには実に変な苗字がある。このフォックス君も初めからの友人で、矢張り田舎から来ていた。

「狐だね、君は」

と私がからかったら、

「丸尾というのは何のことだい？」

と訊いた。私はそれまで自分の苗字を検討したことがなかった。円い尻尾と直訳して答えたら、

「それじゃ同類じゃないか？　仲よくしよう」

と言って、フォックス君は私に組みついた。以来私のことをフォックス・テールと呼ぶのだった。私は夏休みにバーミンガム君のところへ遊びに行って来た直後だったろうと思うが、フォックス君は或日学校の帰りに、

「時にフォックス・テール、君は僕に何か不満があるのかい？　僕が君に何か悪いことをしているなら、明かに言ってくれ給え」

と真剣な顔をして詰め寄った。

「何もないよ。何故そんなことを訊くんだ？」

「それじゃ何故バーミンガムのところへ行って、僕のところへ来てくれなかったのか？」

「あれは前からの約束だからさ。アメリカの標本的農家を見せてやるという」

「僕のところも農家だよ。バーミンガムのところよりも大きい積りだ」

「…………」

「それに僕の方が先に誘っている」

「そうだったかな？」

「過去《バイゴーンズ》は過去にしよう。今度は僕のところへ来てくれ給え」

「行くよ」

「必ず」

「約束して置く」

この約束で私はえらい苦労をしたことを思い出す。フォックス君はクリスマス休暇に私を拉《らっ》して行く予定だったが、私は風邪を引いて、一緒に立てなかった。フォックス君のところは一日汽車に乗って、下車駅から十哩奥の村だった。クリスマスに雪は附物《つきもの》だ。雪中旅行では日本でも懲りている。どうしようかと考えたが、プログラムまで拵えて待っているのだから、行かなければ憤るに定っている。仕方なしに一人で出掛けた。

何という駅だったかどうしても思い出せない。電報で知らせた通り、私は昼過ぎに着いたのだが、迎えに出てくれる筈のフォックス君が姿を見せなかった。なあに、十哩なら三四里の道だと高をくゝって歩き出した。しかし悪い時は悪いもので猛烈な吹雪になった。これは危いと思って、途中で宿屋に泊ることにした。山の中の村だから、木賃宿《きちんやど》みたいなものだった。

食堂で夕食を認《したた》める間、黒人のボーイが二人、見張番をするように控えていた。ボーイといっても、六尺豊かな大男だ。そこへ白人や黒人が入って来て、私をジロ〳〵見ながら、ボーイと私語して出て行く。私は侮辱されたような気がして、早々に切り上げた。二人のボーイがついて来たのには驚いた。部屋の戸に鍵をかけたが、外で番をしている証拠に、コソ〳〵話す声が聞えた。

もう寝る外に用がなかったけれど、何となく落ちつかない。と見ると、窓の硝子越しに黒人の大きな顔が覗き込んでいた。視線が合ったので、逃げて行ったが、間もなく白人が覗く。窓のところへ行って見たら、黒白合せて五六人が雪の積った庭に首《こうべ》を鳩《あつ》めていた。その中に隣りの部屋が騒々しくなった。言葉は聴き取れないが、何か議論をしているようだった。

当然私は不安を感じはじめた。山賊に捉《つかま》って身代金《みのしろきん》を要求される話を思い出した。窓から覗いたり、戸口に番人を置いたり、兎に角私が問題になっていることは確実だった。隣りの部屋には、白人黒人取り交ぜて二三十人が相談している。私をどうしようというのだろう？

「君、君」

私は戸を開いて、番人のボーイ二人に話しかけた。

「はい」

「隣りの部屋に大勢いるようだが、何の相談をしているんだね？」

「相談じゃありません。議論です」

「何の議論だ？」

「あなたのことです」

「ふうむ？　僕をどうしようというんだね？」

「それを申上げると、私達は地獄へ落されます」

「………」

「誰もあなたに話さないように、私達が番をしています」

「こゝに電話があるかね？」

「ありません」

「警察はあるか？」

「ありません」

私は戸を閉じて又鍵をかけた。寝台《ベッド》の上に大の字なりにひっくりかえって、この形勢が含む可能性をそれからそれと考えた。殺されはしない。大金を持っていないことは分っている。これから山の奥へつれて行かれて身代金《ランサム》を要求されるのだ。

「えらいことになった。仕方がない。怪我をするとつまらないから、万事言いなりになろう」

と私は覚悟を定《き》めた。

しかし寝られなかった。どんな目に会わされるのだろうかと思って、悪いことばかり想像する。場合によっては命を取られないとも限らない。隣りの部屋は益〻騒がしい。転輾反則《てんてんはんそく》、時計を見たら、もう十時過ぎていた。

怱ち喊声《かんせい》が響き渡った。隣りの部屋からだ。私は寝台の上に立ち上った。次の瞬間にけたゝましく戸をノックするものがあった。私は開けようかどうしようかと躊躇した。

「おい。フォックス・テール、寝ているのか？」

フォックス君の声だった。私は直ぐに戸を開けた。

「宜かった〳〵。夕方電報を見たものだから、この吹雪に大変だと思って……」

とフォックス君は道筋の心当りを一軒々々探して来た苦労を話した。

「有難う。僕も君の顔を見て漸く生き心地がついたよ」

「本当に失敬した。電報はチャンと間に合うように着いたんだけれど、朝から外出していたものだから」

「ところで、君、こゝの家は大丈夫かい？」

「何が？」

「変だよ、尠《すくな》からず」

と私は集まっている人達の怪しげな様子を説明した。

「そんな馬鹿なことはない。堅い家だ。息子が僕のところへ来て働いている」

「それなら安心だ」

隣りの部屋はまだどよめいていた。亭主が現れて、フォックス君に挨拶をした。

「ウイッギンズ君、一体どうしたんだ？　僕の友人は大変心配したそうだぜ」

「申訳ありません」

「日本人が珍らしいから覗いたのか？」

「へい。日本人だろうか支那人だろうかという賭が始まって、近所のものが寄り集まったんです。あなたがお出でになって、日本人が来ているかと仰有った時、日本人の方へ賭けた連中が鬨《とき》の声を揚げました」

「成程。何のことかと思ったよ」

「勝った方は今晩は唯で飲めます。私も勝った組です」

「番人をつけて置いたのはどういう訳ですか？」

と私はこれが癪に障っていたから訊いて見た。

「日本人かどうかと訊きに来るものがあるといけませんから」

「しかし二人つけて置いたのは？」

「一人だと番人が内証で訊きます。二人だと番人が番人の番をします」

「成程」

「お客さんもどうぞ皆と一緒に飲んで下さい」

と言って、亭主は私とフォックス君を隣りの部屋へ案内した。そこは酒場だった。三十名近くの一座が鬨の声を揚げて、私を迎えてくれた。

余談に入って、つい長くなったが、こんな行き違いも今は楽しい思い出になる。私はフォックス君のところで正月を迎えた。フォックス君の家はバーミンガム君のところ以上の豪農だった。他人の土を踏まないで隣村まで行けるという口らしかった。クリスマス直後だったから、嫁に行った姉さん達が婿や子供をつれてお客に来ていた。両親も矍鑠《かくしゃく》としていて、家門の繁昌、正に汾陽郭子儀《ふんようかくしぎ》の図を偲ばせる。

こゝまで書いて一服やっていたら、清が入って来て、私を現実へ呼び戻した。

「叔父さん、今日はどうしたんですか？」

「どうもしない。何だ？」

「先刻アメリカの歌を歌っていらっしゃいました」

「あれか？　インデアナポリス時代を思い出したんだ。友達と一緒に町を練り歩いているところを」

「バーミンガム君ですか？」

「お前知っているのか？」

「時々お話に出たようですから」

「そうだったかな」

「この頃は頻りに書いていらっしゃるようですが、一体何ですか？」

「小説だ」

「え？」

「柄にないか？」

「いや、叔父さんなら書けますよ。自叙伝をお書きになれば波乱万丈でしょう。日本ばかりでなく、アメリカでもやっているんですから」

「何をやっている？」

「ミス・ジェーン・アダムズ」

「お前読んだのか？」

「はあ。汽車の中で卒倒しかけたところまで拝読して、以下次号を待っています」

「ひどい奴だ」

## 二人の恩師

その初め、私はアメリカの学生には覇気がないと思って、物足りなく感じた。日本の学生はみな所謂青雲の志に燃えている。酔《よ》うては枕《まくら》す美人《びじん》の膝《ひざ》、醒《さ》めては握《にぎ》る天下《てんか》の権《けん》。そうは問屋が卸《おろ》さないことを承知していても、教育のあるものは必ず人の上に立てると思っている証拠に、兎角大言壮語をする。高等教育という切札《きりふだ》を忘れない。然るにアメリカの学生は暢気《のんき》だ。一杯機嫌になっても決して法螺《ほら》を吹かない。肩を組んで国歌を歌いながら踊り出す。

「バーミンガム君、君は将来大統領になる気はないか？」

と私は訊いて見た。交際が始まって早々のことだった。

「無論」

「ある？」

「ないよ」

「何故？」

「あれは自分でなるものじゃない。人がしてくれるものだろう」

「それじゃ学校を出たら何をやる？」

「百姓をやる。僕のところは百姓だから」

「しかし田舎にいたってつまらないだろう？」

「そんなことはない。田舎には田舎の楽しみがある。都会の楽しみをしたくなれば、どうせ用足しながら時々こゝまで来るんだから」

フォックス君にも訊いて見たが、全く同じ返答だった。立身も出世も毛頭考えていない。

「すると野心《アンビシヨン》は何もないんだね？」

「さあ」

「若い身空だもの、何かあるだろう？」

「綺麗な女房を貰いたい」

「それから？」

「神若《も》し許し給わばだ」

「何だ？」

「村の真中に大きな病院を拵えてやりたい。これは真剣だ。その為め医科をやろうかとも考えたが、それでは手段が目的になってしまう。矢っ張り百姓をして稼ぐ方が早い」

どうも覇気が足らない。至って地味な野心だ。そう言って笑ったが、私はその後バーミンガム君の家に逗留中、成程と思い出すところがあった。バーミンガム君は村に近い大きな川の岸を歩きながら、その辺の治水は祖父《じじい》が晩年に発心して親父の頭が白くなった頃漸く完成したのだと説明した。

「洪水を防ぐのに二代かゝった。普段は風致を添えてくれるけれど、性《トレッチラス》悪な川だよ」

「君は三代目かい？」

「こゝへ移ってから五代目だそうだ。兎に角こゝでは一番古いんだ。この村を住み好くする責任があるから、僕は決してこゝから離れない。君は日本へ帰って十年たっても二十年たっても、バーミンガムは矢っ張りあの川の堤防を守っていると思ってくれ給え」

「成程なあ」

と私はフォックス君の病院の件を思い出したのだった。

バーミンガム君もフォックス君も覇気がないのではない。大学教育を立身出世の切札に使う稚気《ちき》がないのである。私は知らず識らずの間にアメリカの友達から感化を受けて、自分の渡米の動機が恥かしくなった。恋敵を見返す為めに日本一の学者になろうとは、稚気とや言わん、衒気《げんき》とや言わん、浅ましい限りだと思った。

友達は大勢あったが、バーミンガム君とフォックス君に代表して貰って、先生の思い出に移る。これも一々書けないから、ピーターソン教授とミラー教授を挙げる。そうして私はこの二人に負うところが最も多かったのである。

私はピーターソン博士から教室と家庭で六年間指導を受けた。種々《いろいろ》と教えられたが、先生が前車の戒めとして言ってくれたことが、一生涯私の頭に沁みている。初対面から間もない頃、

「丸尾君、君は文学が好きですか?」

と先生が訊いたのである。好きだと答える外なかった。

「本当に文学が好きなら、こゝに一つ考えて見ることがあります。それは私自らが今頃考えて晩《おそ》かったと思っていることです。君は文学が好きなら何故自分の国の文学を自分の力でやらないんですか?」

「それは日本人ですから、日本文学の研究の方が容易ですけれど、そういう学者は日本に幾らもあるんですから」

「研究じゃありません。文学そのものをやることです。シェキスピヤ学者というものがイギリスにもアメリカにもドイツにもあります。世界を通じて何千人という人がシェキスピアの研究に一生を捧げています。私もその一人ですが、若《も》しこの年月の努力を自分自身の文学に向けていたら、或は自分も

シェキスピヤぐらいの文人になっていたかも知れないと思うんです」

「…………」

「シェキスピヤ学者になるよりも第二のシェキスピヤ第三のシェキスピヤになる方が英文学に余計貢献しますよ」

「はあ」

「日本のシェキスピヤは誰ですか？」

「近松《ちかまつ》です」

「それじゃ第二の近松になるんです。後悔のないように、その辺をよく考えて下さい」

「僕はとても近松にもシェキスピヤにもなれる自信がありませんから、矢張り英文学の研究をします」

「もう一方、母国語以外の文学を研究するのは大きな引け目です。仮りに私があなたの英語ほどの日本語を学んでいるとして、日本文学を研究したら、大家になれるでしょうか？」

「…………」

「その辺もよく考えてから決心して下さい」

ピーターソン博士は本当のことを言ってくれたのだけれど、本当のこと必ずしも有益なことでない。以来私は英文学の勉強中、成程、これだけの苦労をして自分で物を書いたら相当の作品が出来るだろうに馬鹿々々しいと思った。最後の注意は更に宜《よろ》しくない。英文学は英語だから、幾ら努力しても英米人に敵《かな》いっこないという信念を固めてしまった。私は日本で英文学を研究する人達には、ピーターソン博士の教訓を匿《かく》して置きたい。

Peterson the Henpecked《ピーターソン　ザ　ヘンペックト》（奥さん天下のピーターソン）に対して、ミラー教授はMiller the Tyrant《ミラー　ザ　タイラント》（暴君ミラー）と呼ばれた。アメリカの学生はストライキをやらないとか教師に綽名をつけないとかいうのは嘘である。ミラー博士は学者にあり勝ちな放心家で、奇抜な逸話に富んでいた。新婚当時、葉巻をくわえたまゝ、接吻して、奥さんに火傷《やけど》をさせたという。学生には受けが好かったが、家庭では頗る分らず屋だという評判だった。

ミラー夫人は初めて妊娠した時、如何にしてそれを品好く良人《りょうじん》に打ち明けようかと苦心したが、教授はそういう方面の感覚が鈍かった。拠《よんどこ》ろなく、

「私、少し変ですの」

と直説法で取りかゝった。そんなことを第三者が聴いている筈はないから、無論これは学生の創作だろう。

「何が変だ？」

「身体の具合が変です」

「医者に見て貰いなさい」

「どうも妊娠らしいんです」

「馬鹿！　そんなことをおれに言っても仕方がない」

以来奥さんは決して妊娠の問題に触れなかった。しかしその都度《つど》事後承諾《じごしょうだく》で、十二人の子供を生み続けたというのである。

私が師事した頃のミラー教授はまだ中年の働き盛りで、奥さんも若かった。果して十二人の子持かどうかと思ったが、兎に角家の中は幼稚園のようだった。

「双子《ふたご》の年子《としご》なら六年で一ダースだよ」

と言って、ハリソン君が私の疑問を解いてくれた。双子も年子もあるだろうから、十年ぐらいの生産だろうという結論になった。

或日、ミラー教授は講義を始める前に、ポケットを探って林檎《りんご》を出した。それを教壇の上に置いて、不思議そうに眺めた。食べかけの林檎だった。学生は大笑いをした。何か他のものを探したのだが、林檎が出て来たので、自分でも可笑しかったのだろう。私が家へ帰って、夕食の折、ピーターソン夫人にこの話をしたら、それはお子さんのを盗んだのですよと夫人が言った。ピーターソン夫人はこの暴君に反感を持っていた。

「ミラーさんは自制のない人ですから、お子さんがお菓子を食べていると、取って食べてしまうんです。お子さんは泣きますよ」

「まさか、幾らミラー君だって」

「いゝえ。奥さんが仰有《おっしゃ》っていました。家では小さい子供よりも大きい子供に困りますって。私、始終奥さんから承わっているんですから、あなたより確かですよ」

「そうか？　それならそうだろう」

とピーターソン博士は直ぐに譲歩した。

ミラー教授もよく私の面倒を見てくれた。私は教授の講義を聴くようになってから、英文学よりも哲学を専攻すれば宜かったと思って、卒業後再び二年特別の指導を仰いだのだった。しかしどういう因縁《いんねん》か、私は恩師の教訓に一生悩む。ピーターソン博士が英文学研究について悪い暗示を与えたように、ミラー教授は日本の将来について極めて面白くない予言をしたのである。

もうソロ〳〵私の胸中に帰心《きしん》が動き出した頃だった。恐らく日本の話が出たのだったろう。

「丸尾君、日本は日露戦争に勝ったのが大きな誘惑だよ。危い」

とミラー教授が言ったのである。

「日本には勝って兜の緒を締めろという諺があります」

「いや、兜を益〻大きくしている。日本は今のうちに徴兵制度を棄てないと軍国主義に圧倒されてしまう。剣を持って立つものは剣によって亡びる。日本人は世界歴史を研究しなければいけない。今のまゝで進んで行くと、転覆《てんぷく》が待っているばかりだ」

その時だったか、その次だったか、ハッキリ覚えないが、ミラー教授は三角形を描いて説明した。三角形の底辺を人民として、頂角に天皇を置いた。

「こういう風に底辺の広い三角形は見るからに安定感がある。人民の勢力の強いほど国家は安全だ。然るに天皇の権力が増大するほど三角形が高くなって、底辺が極限される。分るだろう？」

「はあ」

「日本の三角形の頂角はかなり鋭角になっている。その頂角に軍人が一杯群っているから、底辺は重圧に喘《あえ》ぐ。君にはその喘ぎが聞えないか？」

「さあ。ある程度の国防は必要だと思います」

「これぐらいならまだ宜いかも知れないが、徴兵制度を撤廃しないと、底辺の人民まで皆軍人になって、頂角が益〻尖ってしまう。大風が吹いたらどうだ？」

「…………」

「転覆あるのみだろう」

私は日本がミラー教授の予言した通りの道を辿ったことを悲しむ。至って簡明な理窟だったが、当時は私も首肯《しゅこう》出来なかったのである。しかしこれほど卓見家のミラー教授も一両年後第一次世界戦争を起したドイツの軍国主義には触れなかった。ドイツは科学で世界を征服する国だと言っていた。して見ると、日本転覆の予言も哲学者としての空想が偶然的中したのかも知れない。

## アメリカ帰り

私は二十四の夏に出掛けて、三十の夏に帰って来たのだから、満六年間アメリカにいた勘定になる。

家郷病《ホームシックネス》も起さず、いつも丈夫で、海外留学の特権を充分に享有することが出来た。気候風土が好い上に文化程度が違うから生活が楽しい。何ならこのまゝいついてしまっても宜いと思ったこともあった。度々言うようだが、中高《なかだか》の美人国だ。

しかし帰るとなると、矢も楯もたまらない。私はかねて計画していたヨーロッパ行を見合せた。又ゆっくり出直せば宜いと思ったのだが、考えて見ると惜しいことをした。初めの十数年は無論そんな余裕がなかった。どうにか出来るようになってからは身体が無暗に忙しい。その中にその中にと思っているうちに年を取ってしまった。そういう仲間が二三あったから、

「おい。一層のこと還暦まで働いて、閑雲野鶴《かんうんやかく》の身になってからにしようじゃないか？」

「宜かろう」

「それなら観光を利用して、多少業界に尽すことも出来る」

という段取にしていたら、思いもかけない戦争が始まった。敗戦、和平、追放、インフレーション、現に私は郷里へ逃げて来て、甥の家の厄介になっている。これから先世界漫遊が出来るようになるとしても、何百万かゝるか分らない。

心の歴史に直接関係のないことは簡単に片付ける。両親も兄貴達も皆丈夫でいて、私の帰着を喜んでくれた。敢えて帰朝という言葉を使わない。鋭い三角形の頂点に天皇がいた為めに日本が転覆したことを今更痛感するのである。

「善三郎、よく帰って来た」

と恒二郎兄貴は涙をこぼさないばかりだった。私は家に一晩泊まると直ぐに山里へ駆けつけたのである。

「お前も達者で」

「うむ。待っていたぞ」

「何から話して宜いか分らない」

在米中最も頻繁《ひんぱん》に手紙をくれたのは最も筆無精のこの兄貴だった。一寸角がこんな細い字を書くのは大した苦労だろうと思って、繰り返し〳〵読むのを常としたのである。

「おい。相良は大尉になったぞ」

「そうかい？」

「東京にいる」

「ふうむ」

「陸軍大学は落第続きで到頭入れないでしまった」

「ふうむ」

「しかし少佐にはなるだろう、もうソロ〳〵」

「ふうむ」

「やい。俺がこんなに身を入れているのに、ふうむ〳〵とは何だ？」

「悪かった〳〵。着いたばかりで頭がボンヤリしていた。船に酔ってあんまり寝なかったものだから」

と私は口から出委《でまか》せを言って取繕った。そこへ穣子さんがイソ〳〵して現れた。

「アメリカの叔父さん」

と呼んで長男が駈けこんだ。一つで別れたのが学童になっていた。私は彼方の玩具を夥か仕込《したた》んで来たのだった。兄貴はその後の生産を一々報告して来た。三男一女とは努めたりというべしだ。

「相良は少佐には屹度なる。お前は大いにやって来たろうな？」

兄貴は女房の退出を待って本題を続けた。

「勉強して来た。英文学専門だ。英語の方はもう自由自在だよ。哲学の方も専門として講義が出来る。そう〳〵、学院へ寄って定めて来た。秋から高等学部の教師になる」

私は叱られないように、成るべく言葉多く答えた。

「学位は取ったのか？」

「Ph. D. だ」

「何だい？　日本なら」

「哲学博士だ」

「それは豪い」

「もう一つ BA. がある」

「何だい？」

「バチェラー・オブ・アーツ。文学士だ」

「大いにやってくれ」

「うむ」

私は渡米の動機を考えて愧《は》じ入ったことがあるし、敵を愛せよと教えて仇討という思想を持たない国に長く住んだため、相良正信と光子の件はもうどうでも宜いと思うようになっていた。考え出すと忌々《いまいま》しいけれど、人生は貴い特権だ。そんな問題にいつまでもこだわっていられない。私には私の仕事がある。

「兄さん、僕は悟りを開いたよ」

「どうした？」

「相良正信が大将になっても構わない」

「それはそうだろう。三十で博士になっているんだから、これからどこまで出世するかも知れない」

「そういう意味じゃない。そんなことはもうどうでも宜いと思うんだ」

「それじゃ何のためにアメリカへ行ったんだ？」

「無論相良を見返してやる積りだったが、彼方にいる間に、友達から教えられたんだね。知らず識らずの裡《うち》に、アメリカの人は立身出世なんて薄っぺらな考えは全然ない。卒業してバチェラー・オブ・アーツになって、何をするかと思うと、家へ帰って行って百姓をする。雑貨屋をやる。皆家業につく。実に見上げたものだよ」

「そんなことを見上げちゃ駄目だ。それじゃ折角大学を卒業した効《かい》がないじゃないか？」

「彼方の人は大学教育を利用して出世を心掛けない。教育を人間の磨きだと思っている。鉋《かんな》のようなものさ。大学で四年間鉋をかけて貰って、家へ帰って家の大黒柱になるんだ。日本のように余所《よそ》へ売り込んで儲けようとしない。高潔なものだよ」

「しかし百姓や商人になるのに大学教育は要るまい」

「職業と教育を別々に考えているのさ。此方じゃ大学を出れば皆東京へおっ走ってしまう。農科を出た奴が自分の田畑をすっぽかして試験場の技師になる。学校の先生になる」

「人のことはどうでも宜い。お前はこゝへ来て泣いたことを忘れたのか？」

「あの時は口惜しかったが、その後苦労をして人生が少し分って来たのさ。あんなことはもう夢の夢だよ」

「そう悟れば、それでも宜かろうが、何だか張合がないな」

「もう光子にも相良にもこだわらない」

「そんなことを言って、お前、彼方に女がいるんじゃないか？」

と恒二郎兄貴は恒二郎兄貴らしい解釈を試みた。立身出世が薄っぺらだということには納得しない。それだから耶蘇《ヤソ》は嫌いだと言って、失望したようだった。

親類廻りをして、当然新町へも顔を出した。父と叔父とは気まずい間柄になっていた。叔父が機業に失敗して、銀行に迷惑をかけたのだった。父は弁済の責任を負った上に、銀行を引いてしまった。

尤ももう六十幾つかで、時期が来ていたのだろう。

「お父さんには豪い恩返しをしてしまったよ」

と言って、叔父はツル〳〵になった頭を掻いた。父もそうだったが、叔父もひどく年が寄っていた。

叔母さんが春代さんと光子さんのことを話した。

「春代は一人きりだけれど、光子はもう三人のお母さんよ。東京だから、行ったら会ってやって下さい」

「はあ」

「来る度にあんたの噂をしています」

「女学校を出たばかりだったのが、もうそんな子持になったんですかね」

「早いものですよ。相良もソロ〳〵少佐になるでしょう。出世が晩《おそ》いと言って、光子がヤキモキしています。吉田の方はトン〳〵拍子で大阪支店の次席だそうです」

「洋一君も関西ですってね？」

「去年卒業して、矢っ張り大阪です。春代のところで世話になっています」

というようなことだった。

長兄幸介は相良の問題に一切触れなかった。恒二郎兄貴と違って思慮が深い。これも三人の親になっていた。

「兄さん、これはどうだ？」

と言って、私は恒二郎兄貴に出すハガキを見せた。

「何だ？」

「仕舞いの方さ」

「六年の偉力兄貴《いりよくあにき》の禿《は》げ上《あが》り。成程」

「からかってやるんだ。兄さんはそれほどでもないが、恒二郎兄貴はひどく来ている」

「このハガキは出さない方が宜い。本人気にしているんだから」

「どうしてあんなに禿げたんだろう？」

「おれも少し来ている。額口は何ともないが、脳天へ来ている。お前はまだ何ともないな」

「何ともあってたまるものか？」

「家は遺伝だよ。早く禿げる系統らしい。親父は五十代から散髪屋へ行く必要がなかったようだ」

「叔父さんもツル〳〵になってしまった。この間会って驚いた」

「おい。このハガキはよせ。それから断って置くが、恒二郎のところへ行って酒を飲む時は気をつけないといけない」

「何故？」

「奴、禿げて来たのが口惜しいんだ。普段は何とも言わないが、酔うと相手の髪の毛が癪に障って来る。この間は豪いことをやったよ。お医者さんを招待して、機嫌好く飲んでいると思ったら、お医者の頭の毛を悉皆鋏《すつかりはさみ》で切ってしまった」

「ハッハ、、」

「穣子さんは困ったそうだ」

「しかしお医者さんもどうかしているじゃないか？　逃げれば宜いのに」

「酔って正体なく寝てしまったんだ。招待されたんだから安心している」

「ハッハ、、」

「もう常習で被害者は一人や二人じゃない。それだから山里へ行って飲んでも、寝ちゃ駄目だよ」

「危い〳〵。好いことを聞いた」

## 後々の悩み

郷里に一月ばかり滞在して上京、洋服屋の勇吉の定《き》めてくれた借家に入った。婆さんも好いのを勇吉君が探して置いてくれた。そういう方面は何でも自由の利く世の中だった。勇吉は六年間に見違えるほど仕上げて、店を改造していた。買い取ったのだという。白金学院御用という大看板の通り、殆んど一手で制服を引受けるから、学院の発展につれて商売が発展する。私はその白金学院の先生だ。十四五年前、勇吉につれられて恐る〳〵入学を志望した頃を思い出すと、感慨無量のものがあった。学校が始まって間もないことだったと覚えている。或晩、私は銀座へ買物に出掛けた。まだ銀ブラという言葉もなく、銀座は他の商店街よりも二三割高いというので、学生なぞは寄りつかなかった時代だった。随って人出もその後の銀座のようなことはなかった。

新橋で電車を下りて、志す洋品店へ向った。見るともなく、一軒々々に目をくれて行ったら、膳椀を売る奥深い店で姿の好い女性が買物をしていた。はてなと思った瞬間、その女性が此方を向いた。光子さんだ。私はさすがに胸が轟いた。しかしそのまゝ歩き出した。

「善三郎さん」

と呼んで、光子さんが追って来た。朝日に匂う山桜以来初めての対面だった。久闊《きゅうかつ》を叙し、しきりに無事を祝して、主人も一緒だからちょっとと訴えるように言う。私は店へ伴われて、初めて相良正信と顔を合せた。光子さんが紹介した。

「あゝ、そうでありますか？　そうでありますか？　これは〳〵」

と相良君は幾度も頷いた。如何にも単純な軍人らしい男だと思った。麻布の三聯隊に勤めていて、家は霞町一番地だから遊びに来て下さいと言うのだった。一番地だから未だに覚えている。

悟った積りの私も今更相良夫婦と交際する雅量《がりょう》がなかった。しかし光子さんが我を忘れて追っかけて来たのが嬉しかった。年来の疑問がどうやら解けたような気がした。いや〳〵、いけないと自ら制して、そのまゝ超越することに努めた。

一週十五時間も受持っているから忙しい。ピーターソン教授のような名講義をしたいという野心があった。かなり勉強したものだった。

やはりその秋だったが、或日私は何か用があって寄宿舎へ行った序に、もといた部屋の戸を叩いた。室生が恭しく迎えてくれた。

「何も用はないんだ。僕はこの部屋に三四年いたものだから、懐しくなって、ついお邪魔をする気になった」

「どうぞ、先生のお机です」

と言って、室生の一人が指さした。一間四方の机だ。二人で使う。

私は椅子にかけて見た。机の面の最も目につくとこに赤い文字のあるのに気がついた。

「虎の如くに」

全然忘れていたが、これは私が彫ったのだった。座右の銘の積りで一番よく視線の当るところを選んだことまで思い出した。

「先生はこの机で虎の如くに勉強なすったという評判です」

「さあ」

「この前にこの机を使っていたのが卒業した時、そう言って僕に渡したんです。僕も虎の如くにと思って、朱を入れてよく見えるようにしました」

「…………」

後学の刺戟になるのは有難いが、虎の如くにの動機を考えて見ると、私は心中忸怩《しんちゅうじくじ》たるものがあった。

「Like a tiger か？　ハッハ、、」

と笑って出て来たが、トボ〳〵と階段を下りる時、ああ、光子さん！　と遣瀬《やるせ》ない叫びが込み上げた。

正月が来て、三十が当然三十一になった。人、一人にているは宜《よ》からずと聖書に書いてあるが、日本でもこの思想が強い。手近に独身者がいると目障りになるのだろう。先輩や同僚や友人が妻帯を勧めた。私は何も初めから独身で通す決心をしたのではない。世間一般と異るところはなかったが、アメリカから帰って来たばかりで、中高美人国の印象が鮮か過ぎたのだろう。候補者という候補者の写真がどうも気に入らない。こうも阿亀《おかめ》を集めて来るものかと思うほど、中凹《なかひく》の女性が多かったのである。

もう一方、初恋で背負い投げを食っているから、女性に全幅的信用を持てなかったのだろう。ミス・ジェーンの件もある。郷里の中学校長は、諸君の中たった一人が悪いことをしても学校全体の信用に関係すると教えてくれた。私はこの公式をいつしか女性に適用していたのだった。絶世の美人でない限り、何もかも忘れて飛びつけない。

先輩には礼を尽して断った。その中には松崎先生の口添えのもあった。同僚と友人には懇談的に断った。親しい余りに此方の註文を訊いたのがあったが、これは絶対的に断った。出前を持ち込まれては動きが取れなくなる。二三年間二十何口断ったと思う。やかましく言って来た父が他界してからは、もう勧めるものが全然なくなった。母も兄貴達も呆れて手を引いたのだった。私は固定独身者と広く認められるまでに三四年かゝった。

相良正信はいつの間にか転任していた。何処へ行ったのかも今思い出せないくらいだから、私はもう光子さんが頭の中になかったのだろう。しかし全然忘れている時、偶然に思い出を刺戟するような切っかけが起って来る。

「君、君は芝居は嫌いか？」

と松崎院長が訊いた。

「好きです」

「帝劇の切符を貰ったから、今晩一緒に行かないか？　二枚ある」

「お供します。先生も日本の芝居がお好きですか？」

「矢っ張り好《い》いね。役者の芸は分らないが、旧劇を見ると、百年二百年昔へ戻れる。俺《わし》は年が寄った所為《せい》か、先祖がどういう生活をしていたのだろうかと頻《しき》りに思うんだ」

「僕もそれには興味があります。郷里《くに》が城下町で今でも御家禄組《ごかろくぐみ》と町人組の区分のやかましいところですから」

「侍の芝居は面白いよ」

「世が世ならでしょう？」

と私は先生の胸中を忖度《そんたく》した。私は庄内藩、先生は会津藩、父祖は維新の折同じ舟に乗ったのである。或時、私が身許を話したら、先生も打ち明けた。先生のところは会津の侍大将で、先生ももう一つ年が多かったら白虎隊に加わって切腹していたのだった。

帝劇の外題《げだい》は「遠藤盛遠《えんどうもりとお》」と「すし屋」ともう一つは何だったか覚えがない。盛遠と袈裟の話は誰でも知っている悲劇だが、私はそれを自分の身の上に引き較《くら》べたことがなかった。或はあったろうけれど忘れてしまったのかも知れない。兎に角、外題を見ると直ぐに、おや〳〵これは他人事《ひとごと》ではないと思った。

最初は橋供養という幕だった。橋が出来上って供養がある。吉右衛門《きちえもん》扮するところの遠藤武者盛遠《えんどうむしやもりとお》がその奉行を勤める。如何にも凜々《りり》しい若武者で、馬に乗って槍を持っていたように思う。袈裟《けさ》は最後に出て来た。二人の侍女をつれて、日除《ひよ》けの笠を持っていたように思う。盛遠と顔が合う。私は固唾《かたず》を呑んだ。袈裟は軽く会釈しただけで、静々と花道へかゝる。盛遠は茫然自失、唯凝っと見送っている。袈裟が揚幕《あげまく》へ入ってしまっても、丈伸《せの》びをして後を慕う。

次は袈裟の母の家である。盛遠が訪れて、筒井筒《つついづつ》振り分け髪の昔から憧《あこが》れているのを知りながら、叔母御は何故袈裟を渡《わたる》へ嫁がせたかと刀に手をかけて脅迫する。私は袈裟の母を新町の叔母のように思って、吉右衛門の名調子に聞き惚れた。袈裟の母は命に代えられないから、妥協を試みる。

その次は渡辺渡の館だった。菊五郎の渡と菊二郎の袈裟が酒を酌む。袈裟は今宵盛遠に討たれる覚悟をしているのである。舞台が廻って、寺の石段になる。白布の包を小腋に抱えた盛遠が夜の闇から現れて、段を下りかける。折から月の光が洩れる。渡の首を討った積りの盛遠は尚お確める為めに、包を開いて見る。丁度その瞬間に雲切れがして、月の光が袈裟の死顔《しにがお》を照らす。驚いた盛遠が首を抱き締めたまま二三段踏み外して倒れそうになるところで幕が下る。

遠藤盛遠は後の文覚上人《もんがくしょうにん》だ。那智《なち》の滝の荒行《あらぎょう》の場もあった。それが終って食堂へ行った時、

「丸尾君、君は泣いたね」

と松崎先生が言った。

「はあ。身につまされました」

と答えて、私はしまったと思った。

戦争をしたら勝たなければ駄目だ。しかしこういう戒めはもう永久に戦争を放棄した日本には必要がない。恋愛をしたら遂げなければ駄目だ。これは若い人達の間に通用すると思う。

採算上疑惑のある恋愛は避けるに限る。失敗すると、好い加減見識《けんしき》を下げる上に、いつまでも、崇《たた》る。自分は馬鹿だったということを思い出す機会に繰り返し〳〵逢着《ほうちゃく》する。そればかりでない。私は青年時代の失策《しくじり》が因果の糸を引いて、老後に途轍《とてつ》もない愚挙を演じる運命を持っていたのである。

## 葉巻の香

酒と煙草は身体に害ありということを小学校の本で読んだように覚えている。私は酒も飲めば、煙草も吸う。殊にアメリカにいる間に、葉巻の味を覚えた。身体に害はなかったが、その為め教授の地

位を捨てゝ、実業方面へ転向しなければならないことになった。

私は周期的に愚挙に陥る性分《しょうぶん》らしい。しかし今回のは全然自発的でなかった。一人の女性の愚挙の責任を負ったのである。人生愚挙多し。自分のばかりでない。例えば火事のようなものだ。自分が出さなくても、隣りのものが火事を出せば、自分の家も焼ける。

愚挙の口火《くちび》は葉巻だった。真鍮のキセルで配給の刻みを吸っている今日、殊に思い出が深い。

白金学院は大学に昇格した。私が帰って来た頃から運動が始まって、五六年で目的を達したのだった。私は松崎総長の推挙で予科主任に納まった。しかし考えて見ると、これは少し無理だった。有力な先輩がいたのである。学問の方は兎に角、白金学院は基督《キリスト》教のミッション・スクールだけれど、私は信者になっていない。外来の教師は仕方がないが、内のものだけは信者で固めようという考えが宣教師達にも総長にもあった。尚お私は独身者として変人扱いを受けていた。儕輩《さいはい》の間に重きを為すという言葉があるが、私は軽きを為していたのである。それから煙草を吸うことも問題になっていた。

白金学院は同じ基督教でも酒や煙草をやかましく言う頑迷な教派に属する。

要するに私の地位は砂上《さじょう》の家だった。修養によって土台を掘り下げないと、大風に耐えられない。

「丸尾君、そのうちに洗礼を受けて置き給え」

と松崎総長も多少の不安を感じて注意したのだろう。

しかし本人は好い気なものだ。それだけの自力があって地位を得た積りでいた。

大学になってから三年目に、私は後輩を予科の英語教師に採用した。故郷《くに》のもので、中学校の同級生の弟だ。私とは五つぐらい違うから、故郷では知らなかったが、アメリカで偶然懇意になった。苦学をして帰って来て、郷里で遊んでいると聞いたから、丁度好いと思って来てもらった。

この佐藤君の奥さんに私はひどい目に会ったのである。佐藤君の兄貴は札幌農学校を出て何処かの農学校に勤めていたが、亡くなってしまった。間もなく佐藤君が帰って来て家を継ぐと同時に嫂《あによめ》まで引受けたのだった。居直りといって、田舎にはこういうことがよくある。

佐藤君は温厚篤実で、東北丸出しの男だった。一年働いて一年学ぶという堅実な方針を取ったから、彼方《あっち》の田舎大学を卒業するのに八年かゝっている。その上に徴兵が心配で、三十年までいて来たのである。一つ年上の嫂を女房に貰って、もう一両年になるのだろうが、新婚のように奉仕これ努める。細君は芳江《よしえ》といって、ケバ〳〵して美しい。いつも厚化粧をしている。拠《よんどこ》ろない居直りもあるが、佐藤君のは志願の居直りらしかった。

同郷だから、共通の話が弾《はず》む。佐藤君も来れば、私も行く。家は私の依頼で勇吉が近所に探したのだった。私が先方《むこう》へ引っ張られることが多かった。佐藤君は彼方のスクールボーイ生活で錬《きた》えられているから実にマメだ。紅茶やコーヒーを拵えるのを自分の職分と心得ている。

「家の人は本当に調法ですわ。お料理なんか、私よりも上手ですから」

と芳江夫人が言う。惚れた奴はひどく扱《こ》き使われるというような川柳《せんりゅう》があったと思う。佐藤君は正にそれだった。

「君は少し働き過ぎるぞ。男が台所のことなんかしちゃ駄目だ」

と私は或時、注意してやったけれど、受けつけない。

「同じ材料を使っても、僕がやる方がうまくできるんだから」

と佐藤君は洋食に関する限り、一切の料理を引受けていることを告白した。

芳江夫人は私が訪れる度に、

「先生、早く葉巻を吸って頂戴」

と頼む。葉巻の香《かおり》が大好きだという。これがソモ〳〵の始まりだった。

「佐藤君は些《ち》っともやらないんですな」

と私は何ともなしに訊いて見た。

「この人は蛙と同じことよ」

「可哀そうに」

「僕は彼方にいる間、とても煙草なんか買う余裕がなかったんです。それが却って宜かったと思います。芳江さんから貰う小使も尠くて済む」

と佐藤君が煙草をのまない一徳を持ち出した。

「すると、何ですね、君は俸給を全部奥さんに渡してしまうんですか？」

「はあ。彼方でも円満な家庭は皆そうらしいです」

「家は私が女王《クイーン》よ。それでなければ厭って、私、初めから言ったんですから」

と芳江夫人が主張するように言った。

「しかし奥さん、佐藤君を苛《いじ》めちゃ駄目ですよ」

「相当可愛がってやっていますわ」

「成るべく解放してやって下さい。煙草を吸い酒を飲むと思って、小遣を充分にやって」

「一向使わない人ですから」

「火薬が尠いと、矢っ張り発展しません」

私は大いに為すあるという意味で発展と言ったのだが、芳江夫人は悪い方に解釈した。

「音二郎さん、発展なんかすれば、私、あなたを殺して上げますよ」

「殺されても本望です。あなたにならば」

この通り全然女房本位の家庭だった。佐藤君はすっかり打ち込んでいる上に、嫂という頭が抜けない。奥さんの方は、無暗に自信が強い。子供がないから何《ど》んなところへでも再婚ができるのを、懇望《こんもう》されて居直らせてやったと思っている。

芳江夫人は琴がお得意だ。お師匠さんをしてもやって行ける腕前だと佐藤君が宣伝する。佐藤君は尺八を吹く。彼が頰をふくらませて一管を嘗《な》めているところは天下の奇観だれど、夫人が琴を弾く姿は好い。しかし顔の綺麗な人にも拘らず、声がひどく悪い。

「鐘《かね》に恨《うら》みは……」

娘道成寺《むすめどうじょうじ》でなくて、婆《ばば》道成寺《あ》だ。普通の話をしていても、ダミ声で、幻滅を感じさせられる。佐藤君の尺八に至っては、努力だけが買える。顔が真赤になって、汗が額に玉を綴る。

私は初めての時に褒めたのが祟って、行く度に合奏を聴かされた。

或晩、

「琴責《ことぜめ》ですね」

と諷《ふう》したら、

「阿古屋に似ていて？」

と言って、芳江夫人は大喜びをした。すべて自信で行く。

阿古屋から芝居の話になった。夫人は遊芸が好きなくらいだから、芝居も旅役者のを相当見ている。田舎へは中村菊五郎だの尾上羽左衛門だのという名優の一座が来る。

「偽物ばかりで本物を見たことありませんのよ。東京へ来るについて、お芝居が憧れでしたわ。先生、連れて行っていたゞけません？」

「お易い御用です」

「いつ？」

「いつでも結構です」

「僕は日本の芝居を絶対に見たことがないです。どうぞ願います」

と佐藤君も切望した。

私は遠藤盛遠に同情の涙を絞って以来、度々芝居に出かけた。シェキスピヤよりもやはり日本の旧劇が身に沁みる。学院の先輩に新聞記者で演芸の方の係りをしているものがあった。その紹介で二三の俳優と知合《しりあい》になって、毎月後援会の切符を買わされるのだった。

早速佐藤君夫婦を歌舞伎座へ案内した。その折だったか、その後だったか、ハッキリ覚えないが、芳江夫人は楽屋を見たいと言い出した。浮気っぽい人だから役者に興味がある。自分のような美人が現れたら皆驚くだろうと思ったのかも知れない。頻《しき》りにせがむから私は引受けた。奈落《ならく》を通る時、道具方が何か大きなものを車に載せて押して来た。薄暗い上に足場が悪い。

「危い！」

と言って、芳江夫人は私の手を握った。車が通ってしまって、必要がなくなっても放さない。

「はて。この奥さんは」

と私は思った。

## 恐るべき浮気者

学校で顔が合うから、用はそれで足りるのだが、佐藤君は私を家へ誘う。私も婆さん相手で物足りないから敢えて辞さない。

「先生、葉巻を吸って頂戴よ」

と芳江夫人が甘える。夫人は葉巻の煙が何ともなく馨《かぐ》わしいから、私の吸った殻を後から燻《くゆら》して楽しむのだと言った。

　或晩、私の独身生活が問題になった。私ももう三十七八だったと思う。

「僕、想像がついています」

　と佐藤君が言った。

「何ですか？」

「ドクトル・丸尾は失恋したんです。相手は目下郷里《くに》へ照会中です」

「ハッハ、、、」

　私は笑ったけれど、油断がならないと思った。

「丸尾先生をお断りするなんて、そんな人、女冥利《みょうり》に尽きますわ。何処の誰？　先生」

「ハッハ、、、」

「その人、今頃は後悔して泣いていますわ。屹度」

「…………」

「先生は音二郎の兄と同級ですから、私と同じ頃の人に相違ありませんわ。誰でしょうね？　そんな綺麗な人？」

　と芳江夫人が頻りに詮索《せんさく》した。

「綺麗にも何にも、そんな人はないんです。僕は中学校は中途でやめて、ずっと此方でしたから」

「それじゃ此方ね」

「卒業すると直ぐにアメリカへ行ってしまいました」

「それじゃアメリカ？」

「アメリカでしょう？　先生。アメリカなら何人あったかも知れません。僕だって、一人々々に迷いました」

　と佐藤君が言った。

「馬鹿な人ね」

　芳江夫人が窘《たしな》めた。

「しかし彼方《あちら》の女性は本当に綺麗です。美人国ですよ。アメリカは」

と私は中高美人論《なかだかびじんろん》を持ち出して、説くところがあった。自信家の芳江夫人はすっかり自分に当てはめてしまって、

「つまり西洋人に似ていれば美人ってことになりますわね」

「そうですよ。奥さんあたりはアメリカへ行っても見劣りはしないと思います」

「まあ、嬉しい」

「先ず美人の部類でしょう」

「アメリカで？　日本で？」

「日本です。先ず〳〵でしょう？」

「先ず〳〵なんて、私、厭よ」

「それじゃ大体」

「大体は気に入りませんわ」

「絶対ですか？　佐藤君に言わせれば、ねえ、佐藤君」

と私はからかってやった。

「何処が悪くて？　私」

芳江夫人は何処からでも見て貰いたいというように構えた。やっぱり馬鹿なものだと私は思った。

「さあ」

「仰有って下さい。御遠慮なく」

「言って下さい。参考の為めに」

と佐藤君は真剣な顔をしていた。

「困ったな、これは。絶交される心配があります」

「大丈夫よ。冗談ですわ」

「それじゃ言います」

「どうぞ」

「声が零点です」

「まあ！」

「失礼しました」

「いゝえ。声は悪いわ」

芳江夫人は力なく言って、黙ってしまった。

「しかし唖にも美人があるんですから」

と佐藤君が主張した。何処までもお芽出度く出来ている。

私はこれで芳江夫人の琴を封じたのだった。別にそう計画したのでもなかったが、丁度図星に当ったと見えて、その後は私の方から所望しても、

「厭よ、私、もう」

と断るのだった。

歌舞伎座の奈落以来、私は芳江夫人の心持が分った。私の手を握って、周囲の暗いのを幸いに、いつまでも放さなかったのである。葉巻の香が好きだというのも葉巻を吸う人が好きだという謎だと思った。

或晩、佐藤君が例によって自慢のコーヒーを拵えるために台所へ引っ込んだ後、

「私にも吸わせてよ」

と言って、夫人は私の手から葉巻を奪った。一口二口、しゃぶるように吸って、

「間接のキッスよ。オホヽヽ」

と笑った。

兎角接触を心掛ける。有らゆる機会を利有する。私が誤ってコーヒーをこぼしたら、唐机の上を拭

きながら、

「宜いのよ。宜いのよ」

と片手で私の手を摑んで、幾度も握るのだった。

帰りがけに帽子を手渡す時も、佐藤君の目をかすめてチョッカイをかける。芳江夫人は恐るべき浮気者《フラート》だ。美貌を誇る人にはこういうのが往々ある。殊に境遇が境遇で、主人が眼中にないから危い。これだけ見当がついていたから、警戒するのが当然なのに、私も責任がある。綺麗な人に色目を使われるのが厭ではなかった。

夏休みが来て、一緒に帰郷した。一緒になるように、佐藤君夫婦が計らってくれた。私は夏は毎年帰ることに定《き》めていた。父はもう果てゝ、母だけ健在、兄貴達もそれ〴〵元気だった。

郷里の町から三里ばかりのところに浜の湯という温泉がある。海岸だから、海水浴も出来る。そこへ一緒に行く約束だった。佐藤君夫婦は宿を定めて置いてくれた。

私は秋の講義の仕度をする積りだったが、遊楽専門の佐藤君夫婦と隣り合せではとても仕方がない。一週間で逃げ出した。芳江夫人は相変らず葉巻々々と言って私を引きつける。

「先生、こゝの人達は私を先生の奥さんと思っているようよ」

と言うのだった。奉仕を全幅とする佐藤君は奥さんの御機嫌さえ好ければ嬉しいのだ。私に絶対の信頼を置いている。私もそれに孤負《こふ》しては済まない次第だが、芳江夫人の態度が日増しに露骨になって来る。

或時、私は狭い廊下で夫人に襲われた。私が二階から下りるのを見計らって待っていたに相違ない。私に縋りついて、

「一寸《ちよつと》よ。一寸よ」

と接吻を強要するのだ。私は振り払って逃げて来て、佐藤君に投じた。いつまで話していても、芳江夫人は姿を見せない。

「家内はどうしたんだろう？」

「さあ」

夫人は夕方帰って来た。食事の間も口をきかないで、時々私を睨む。真赤な顔をしている。

「頭痛でもするのかい？」

と佐藤君が訊いた。

「私、もう世の中が厭になって、身投げをしようかと思いましたの」

「えゝ！」

「つまらない」

或日、私達は遊戯室でピンポンをやった。私が再三佐藤君を負かしたら、敵討ちをすると言って、芳江夫人が挑戦して来た。

「宜しい。アイスクリームをかけましょう」

「そんなもの厭よ。私、屹度勝ちますから」

「それじゃ何？」

夫人は私のところへ寄って来て耳打ちをした。

「どんな無理でも聴いて下さる？」

ピンポンは私の惨敗に終った。後から分ったが、芳江夫人は女学校時代に選手だったそうだ。

「何を賭けたの？」

と佐藤君が訊いた。

「好いもの」

「アイスクリームと西瓜ですよ」

と私は取り繕って、早速女中に命じた。

お盆が来て、佐藤君夫婦は墓参に帰る筈だったが、その朝芳江夫人は頭痛がすると言って起きなかった。佐藤君だけ帰った。家は町から二里ばかりの奥の村だから泊りがけだ。

昼食後、私は廊下で芳江夫人に行き会った。金盥を持って浴場へ行く恰好だった。

「何ですか？　御病気はもう好いんですか？」

「仮病《けびょう》よ」

と答えて、夫人は嫣然《えんぜん》と一笑した。

これはいけないと私は思った。直ぐに帳場へ行って自動車を頼んだ。道心堅固の積りでも、あの艶笑に打ち勝つ自信がない。念のために佐藤君に一通認めて帳場に残した。

家に急用が出来て電話がかゝって来ましたから引揚げます。種々《いろいろ》お世話になりました。何卒不悪《どうぞあしからず》。

某月某日昼一時。

自動車が直ぐに来た。芳江夫人が風呂から上った頃、私は山のトンネルへ差しかゝっていたのだろう。

## 山上の垂訓

東京へ帰ってから、又前学期の繰り返しが始まった。佐藤君は何とか言って、私を引きつける。芳江夫人は相変らず蜘蛛のように網を張って待っている。此方はそれをはぐらかすのが面白い。光子さんやミス・ジェーンに翻弄《ほんろう》された敵討《かたきう》ちを、芳江夫人に加えるという本能があったのだろう。

ある日曜に私は丸善の前で芳江夫人に出会った。私が度々行くことを知っていて、待っていたのらしい。

「先生、丁度好いわ、ちょっとそこらで何《ど》う?」

と誘われたけれど、

「好いところがありますよ」

と言って、私は丸善の二階の喫茶部へ案内した。

こゝなら公明正大だと思って種々《いろいろ》と話した。夫人はいつになくウジ〳〵として落ちつかない。

「先生、一遍打ち合せて何処かでゆっくり会えません？　私、お話があるんですから」

「そんなことはいけませんよ。第一、佐藤君に済まないじゃありませんか？」

「佐藤には留守番をさせるから大丈夫よ」

「…………」

そこへ学院の同僚が入って来た。これは本の虫ともいうべき男で、いつも一緒になる。私に再三結婚を勧めた後、私の断り方が礼を欠くと言って憤った一人だ。

「これは今度来た佐藤君の奥さんです」

と言って紹介したが、私は何だか疚《やま》しいような心持がした。芳江夫人も居心が悪くなったと見えて、ソコ〳〵に辞し去った。

私は予科主任の外に専門部の英文学と英語を受持っていた。講義の支度で相当に忙しい。そう〳〵佐藤君の招待に応じていられない。時折御無沙汰を続けたら、芳江夫人自ら家へ遊びに来るようになった。いつも厚化粧をしてケバケバしい人だから目につく。佐藤君が一緒なら構わないけれど、佐藤君を留守居に残して一人で来る。

「暗いわ。先生、送って頂戴よ」

なぞと甘える。送って行けば途中で手を握る。折悪く芳江夫人が来ていた時、丸善で紹介した同僚が訪ねて来たこともある。私は外聞《がいぶん》を憚《はばか》って注意した。

「奥さん、家へお出《いで》になるのは考えて下さい。家内のある家庭なら兎に角、僕は独身ですから」

「いけませんでしょうか？」

「世間が口うるさいです、万野《まんの》が変に思うと困ります」

「万野が何と言って？」

「何とも言いはしませんけれど」

「あのデブちゃんは無神経だから大丈夫よ」

「佐藤君と一緒に来るようにして下さい」

「一緒に来れば、後ががら空きで泥棒が入るわ」

「それじゃ僕の方から行きます」

「ちっとも来て下さらないいんですもの」

婆やは太った大女だった。年も比較的若い。芝居で見た「伊勢音頭《いせおんど》」の万野に似ていると芳江夫人が言い出して、万野々々と陰で呼んでいた。

「旦那さま、マンノウってのは英語で豚のことでございますか？」

とその後婆やが訊いた。

「さあ」

「学問のないものは馬鹿にされますよ」

「…………」

私は困った。婆やは芳江夫人にすっかり反感を持ってしまって、

「あの白粉の化物《ばけもの》には御用心なさらないといけませんよ」

と注意するのだった。

秋深くなった頃、悪い噂が立った。若《も》し私が人格と信仰で光っている人間なら、誰が何と言っても押し切れたのだが、情けないことに、有らゆる引け目を持っていた。信者でない。我儘な独身者だ。酒も飲み煙草も吸う。煙草では議論をして、宣教師達の感情を害している。砂上の家は揺《ゆる》ぎ始めた。

松崎院長が来てくれと言うから、晩に伺った。

「丸尾君、困ったものだな」

と言って、先生は腕組をした。私はこの恩人の心を煩わすのが身を切られるように辛かった。

「僕、責任を負います」

「君は責任があるのか？」

「絶対にありません。しかし事茲に至った責任を負います」

「困ったなあ」

「…………」

「君はまさかそんな馬鹿でもあるまい。潔白は僕が信じる。しかし丸尾君」

「はあ」

「山上《さんじょう》の垂訓《すいくん》を思い出して疚《やま》しい程度か？」

すべて色情《しきじょう》を懐《いだ》きて女を見るものは既に心のうち姦淫《かんいん》したるなり、とキリストが言っている。

「…………」

「どうだね?」

「恥じ入ります」

「汝等の中、自ら罪なしと信ずるものは石をもって打て、皆似たり寄ったりだろうが、はて、是非もない」

「僕、学校をやめさせていたゞきます」

「仕方がない」

と言って、先生はまだ腕組をしていた。

## 恩師の親友

世話になる人はどこまでも世話になる。こういう風に運命が定《きま》っているものらしい。

私は郷里《くに》の中学校を追い出されて、松崎院長に拾い上げてもらった。アメリカ留学も松崎院長のお蔭で何の苦労もなく有効に果した。一生御礼奉公をするつもりの白金学院を引責《いんせき》辞職して、方針に迷っていたら、松崎院長が財界の有力者に紹介してくれた。

「詰腹《つめばら》を切らせたもの〻、困るだろうから」

というのだった。

英文学の教師から実業界へ転向は、夢にも考えていなかった。計数は元来不得手、帳簿も分らない。当然二の足を踏んだけれど、先方《むこう》の大将は松崎先生の親友で、その辺のことも、承知だというから、度胸を据えて、お世話になることにした。どこまでも教師をする気なら、その方便がないでもなかったが、外国文学の研究は到底本国人に及ばないというピーターソン教授の暗示《あんじ》が、いつも働いていたのだった。

会社に勤め始めると間もなく、私は佐藤君の家庭から遠退《とおの》くために、渋谷へ移った。偶然渋谷に借家《しゃくや》が見つかったから、渋谷へ越したので、下谷に見つかったら、下谷へ行ったのだろう。何でも行き当りバッタリだ。その頃太平洋戦争の可能性を考えたものは一人もあるまいが、今にして思えば、二十何年後そこで焼け出されることが、もうその時に定ったのである。無精者だから遠くへは動かない。

しかし運命は俄か転向者の私を、誂《あつら》え向きの地位に置いてくれた。私は最も好適な人から最も好適な人へ紹介してもらったのである。

「松崎君と俺《わし》は竹馬《ちくば》の友《とも》どころか、附《つ》け紐友達《ひもともだち》ですよ。隣り同志に生れたんです。一緒に這って歩いたんだから古い。お互に何でも分っているけれど、人格は桁《けた》が違う。俺は松崎君には頭が上らない」

と社長の荒尾《あらお》氏《し》が初対面の時に言った。

甚だザックバランな人で、私のことを松崎さんに頼まれたからどうせ役には立たないと思うけれど、採用するという説明だった。

「差当り、俺《わし》の秘書をやって下さい」

「お話の通り、全然無経験ですから、果して勤まるでしょうか？　どうでしょうか」

と私は実際心細くなった。

「勤まるも勤まらないもありません。俺《わし》は松崎君から頼まれているんですから」

「しかし余り御無理をお願いしても……」

「俺が仕込んで上げる。必ず物にして上げる。これには経緯《いきさつ》があるんだから、無能でも心配するに及びません」

「…………」

「それから松崎君の推薦によると、君は英語が素晴らしく良くできるそうだが英語を利用して勤めようとしてはいけない。通訳は熟練工で終ります。会社に入ったら、重役を心掛けることです。ついては裸体《はだか》になって仕事と取っ組まなければいけない。いずれ追々話しましょう」

初めから無能という折紙をつけられて、私が与えられた役目は、社長秘書と外国課勤務だった。外国課長心得は社長の令息で、二三年前にアメリカ遊学から帰って来たばかりだったから、話が合った。会社はかなり大きい商事会社だった。無いところへ有るものを持って行って、買ったより高く売るだけの話だと松崎院長が言ったけれど、必ずしもそう簡単でない。

荒尾社長は時折、私を自邸へ招いてくれた。苦労をした人だから、一種の人生観を持っていた。酔うとそれを披瀝《ひれき》して、気焔が高くなる。或晩、松崎院長の人物評論に及んで、

「要するに、松崎君は死学問《しにがくもん》をやった学者だ。常識がない。バイブルの講釈さえしていれば、宜いのさ。実社会のことに口を出すと間違う。全然常識がない」

と結論した。私は黙って聴いていたが、

「どうだね？」

と意見を求められたから仕方がない。

「さあ。私は寧《むし》ろそういう判定を下す人の常識を疑います」

「えゝ？　俺の常識を疑う？　これは驚いた」

「私は先生を最もよく理解しているつもりです」

「若《も》し常識があるとすれば、松崎君は承知ずくで俺を馬鹿にしているんだから、ます〳〵不都合だ。俺はこれでも実業界に相当の地位を占《し》めているつもりだけれど、松崎君は一向敬意を表してくれない。今でも俺を小一《こ》と呼ぶ」

「それは幼少からの親しみがあるからでしょう」

「駄目だよ、君は。何でも善意に解釈するから」

「丸尾さん、余り相手にならないで下さい。酔うと無茶ばかり申しますから」

と夫人が注意してくれた。

「丸尾君、婆《ばばあ》がやかましいから、座を改めて議論をしよう」

と言って、社長は応接間へ伴った。

私は考えた。どうやら勤まりそうだけれど、松崎先生論で意見が掛け離れると、意気まずいことになる。或は大将、私の無能に呆れて、体能《ていよ》く追っ払うために耳痛いことを言うのかも知れないと思った。

「君、俺《わし》も親しみを持っているけれど、保之助《やすのすけ》君と丸く呼んで、決して敬意を失わない。然るにだ。松崎君は『おい小一』と呼ぶ。小一郎とも呼んでくれない。『おい、小一、お前はまだ改心しないかい?』とは厳しいだろう?」

「そんなことを仰有《おつしや》るんですか?」

「うむ。すべてそういう調子だ。商売を悪事のように考えているのは非常識だろう?」

「それは宗教問題じゃありませんか? 私にもそういうことを仰有いますから」

「商売というものを馬鹿にしていることは明白だ。第一次世界大戦の後で俺が大損をしたら、同情すると思いの外、呵々《かか》大笑して、『君、商売ってものは儲けるつもりでやるものだろう?』と分り切ったことを訊くんだ。当り前だと答えたら、『我輩は往来《おうらい》を右へ曲ろうと思えば必ず右へ廻る。間違ったことは一遍もない。商売人はそれだけのことが出来ないのだから、どうかしているのじゃなかろうか?』と言うんだ」

「ハッハ、、、」

「何だ？　君も共鳴か？」

「いや、いかにも先生の仰有りそうなことですから」

「しかし、商売は往来を歩くような簡単なものじゃない」

「無論、それはそうです」

「それを全然同じだと思っているところに、奴の非常識がある」

「冗談かも知れません」

「いや、本気だよ。極く単純にそう考えている。理窟としては成っていないんだけれど、議論を始めると、いつも俺《わし》が負けてしまうのはどういうものだろう？」

「先生は雄弁家ですからな。時には詭弁《きべん》を弄《ろう》して、柄《え》のないところへ柄をすげるんでしょう」

「どうもそうらしい。ところで、その松崎君が君のことでやって来た時は、君子豹変《くんしひょうへん》というのか、荒尾君、小一郎君と呼びかけて、全然下から出たよ」

「先生が僕のことでお出《い》でになったんですか？」

「二度来た。『小一郎君、身不肖《みふしょう》の致すところで、年来の秘蔵弟子の首を切ってしまった。困った』と言って、腕組をしている」

「………」

「それから君の経歴を詳しく話して、惜しいけれど、もう教育界には使えないから、実業界へ引き取ってくれないかと言うんだ。頼み方が非常識だろう？　困り切っていながら、腹の中ではやっぱり実業界を馬鹿にしている。俺《わし》は癪に障ったから、実業界は教育界と違うからと言って断《ことわ》った。松崎君は違わないと主張したが、俺も負けていない。違う〳〵で撃退してやった」

「…………」

「翌晩、又やって来た。『荒尾君、君の言う通り、実業界と教育界は違うよ』と言ったから、つい油断をしているうちに、教育界は利他主義《アルトルイズム》で実業界は利己主義《エゴイズム》だから違うという原則を承認させられてしまった。利他主義は佐倉宗五郎《さくらそうごろう》、利己主義は石川五右衛門《いしかわごえもん》、無論宗五郎の方が五右衛門よりも上等だと言う。石川五右衛門に実業界を代表させている」

「極端ですな」

「下等品は上等品の代りにならないけれど、上等品は下等品の代りになるから、丸尾を使って見てくれ。小一郎君、頼む。本当なら君の方から頼んでも渡す人間じゃない。と言うんだから非常識だろう？　どこの世界にもこんな失敬な頼み方はあるまい？」

「…………」

「非常識でなければ僕を馬鹿にしているんだ」

「何とも申訳ありません」

「しかし相手になって、からかっているうちに、抜き差しができなくなってしまった。見す〳〵先方《むこう》が無理でも必ず言い負かされるんだから忌々《いまいま》しい」

「社長、分りました。この上御迷惑はおかけ致しません。引かせていたゞきます」

「そうして貰おうか？」

「はあ。それでは……」

「ハッハ、、、。冗談だよ。君」

「………」

「俺はもう君を放さない。実は今朝《けさ》出序《でつい》でに松崎君のところへ寄って、お礼を言って来たんだ。腰を落ちつけて勤めてくれ給え」

「そうですか？　早速もう首かと思ったんですが」

「まだ客に来たような心持だろうが、そのうちに会社が自分の家《うち》のようになる。商売は面白いものだよ。大いにやってもらう」

「はあ」

「ところで、松崎君は最高推薦をしたものの、一つ保証の出来ないことがあると言っていた。但しこれは君には内証だ」

「何ですか？　それは」

「女癖《おんなぐせ》だけは保証が出来ないと言うんだよ」

「………」

「君は宗教家のくせに、芸者買いをして追っ払われたのか？」

「いや、そんなことはありません」

「学校と違うけれど、その方向もやっぱり堅い方が宜《い》いな」

「はあ」

「松崎君は何から何まで君の事を考えているんだよ。早く世帯を持たせてくれと言っていた。そういう問題も追々に解決して行こう」

「…………」

初冬の候だったけれど、私は大分汗をかいた。

## 大同小異の人格者

一年たって、会社が自分の家のようになった。その秋だったと覚えている。私は商用で大阪へ出張した。半年ばかり前にも社長のお供をして行ったけれど、今度は独りだった。やはり堂ビル・ホテルというのに泊った。

精神感応《テレパシー》というものは時にはあるのではなかろうか？　或朝、私は春代さんの配偶吉田君の顔を思い浮べた。教師をしていた頃は全然忘れていたが、商事会社に勤めるようになってからは、吉田君が時折頭の中にあった。奴《やつ》もどこかの商事会社だ。大阪支店次席と聞いて以来、ソロ〳〵十年近くたっているから、もう支店長に相違ない。方面が同じだと、物差が共通だから興味がある。大阪のどこにいるのだろう？　分っているなら会えるのにと思った。

折からコツ〳〵と戸を叩くものがあった。

「どうぞ」

現れたのは吉田君だった。

「やあ」

と言って入って来た。

「………」

「どうも君だと思ったものだから」

「久しぶりだね。さあ、どうぞ」

吉田君は前日ホテルへ人を訪ねて見て、エレベーターで、入り違いに私らしい姿を見かけたのだった。家へ帰って春代さんに話したら、今度は会社勤めだから出張で来ているに相違ないとあって、電話で確めた。しかし突如《いきなり》の方が面白いと思って、寝込みを襲ったのだという。

「不思議なことがあるものだな」

「何故？」

「僕は丁度今君のことを考えていた所だ」

「何とか言っている」

「本当だ」

ないか？」

「済まない」

「何《いず》れ纒めて言うつもりだけれど、君ぐらいひどい人間はないよ。あれ以来、絶対に梨のつぶてじゃ

「此方へは時々来るんだろう？」

「春ちょっと来た」

「見給え。僕達のいることを知っていながら知らん顔だ」

「今度はと思っていたところへ、君がコッ〳〵やったんだよ。一種の精神感応《テレパシー》だろう」

「ふん。テレパシーでなくて、テレガクシーだろう」

と言って、吉田君は信じてくれない。揉まれると見えて、ナカ〳〵辛辣《しんらつ》になっていた。

「本当だよ。今の今だから」

「そんなことはどうでも宜い。とにかく、今晩家へ来てくれ給え」

「行く〳〵」

吉田君は夕刻迎えに来てくれた。朝はお互に予定があって直ぐに別れたが、車の中で大分話した。

吉田君は支店長ももう古い方で、間もなく重役のお鉢が廻って来るのかも知れない。相良正信を見返す筈の私は社長秘書だ。何のためにアメリカへ行ったのかと考えざるを得なかった。

春代さんとも以来初めてだった。私は、

「その後は」

と言ったきりで、取り繕う必要を感じなかった。

「蝶子《ちょうこ》よ」

と春代さんが紹介した。その折女の子が生れたということは知っていたが、憎みても余りある人の子だ。以来考える余地もなかったのである。しかし光子さんによく似ているので、覚えず目を見張った。そうして、そう思ったと思われたくないと思って、

「蝶子さんというんですか？　大きくなったんですな」

と言ってごまかした。

「君、この子一人だよ」

と吉田君は物足らないようだった。

「成績が悪いんだね」

「光子さんの方は大勢だけれど」

「ミス・バターフライか？　好い名前だ。お幾つですか？」

「十六だ。女学校三年生さ」

「あれからもう十六年たったのかな。すると春代さんももう三十九ですね」

「お婆さんになってしまったわ」

「そんなこともないですよ」

私は春代さんと同じで三十九だった。吉田君は長兄の同級生で六つ上の四十五、分り切ったことだ

が、今更同じように正確に年を取るものだと言って笑った。

「君は葉巻《シガー》かい？」

と吉田君が怪しむように言った。私が一本薦めたのだった。

「うむ。青山時代に君に仕込まれたのがダン〳〵発展したんだよ」

「酒はどうだ？」

「これも君の仕込みが利いている」

「酒は僕の責任じゃなかろう？」

「元来好きらしい」

「愉快だったな、あの頃は」

「さあ。僕はそう愉快でもなかったよ」

思い出話の裡《うち》に夕食を終った後、春代さんはやゝ改まって、

「善三郎さん、私、あなたにあやまらなければならないことがありますのよ」

と切り出した。

「何ですか？」

分っていたけれど、私はそう訊いて見たのだった。

「光子のことよ」

「…………」

「堪忍して下さいね」

「…………」

「蝶子や、お前は彼方《あっち》へ行っていらっしゃい」

「宜いじゃないの。私、何でも知っているんですから」

と蝶子さんが答えたには驚いた。春代さんは強《し》いて退去も命じないで、

「あなた方が好き合っていたことは知っていたんですけれど、あなたがハッキリ仰有って下さらないし、あなたのところと家の間に込み入ったこともあったし、待っていれば光子が年を取るばかりですから、ついあんなことになってしまったんです」

「そんなこと、今更もう仕方ありませんよ」

「私、善三郎さんと約束があるならと訊いて見たんですけれど、光子はないとハッキリ申しましたから」

「もう宜いですよ。済んだことですから」

「でもね、光子はあなたが憤っていると言って気に病んでいますから」

「…………」

「もう機嫌を直して、気持好く交際してやって下さい、ね」

「えゝ」

「私、確かに考えが足らなかったんです。今更あなたにも光子にも済まなかったと思って後悔してい

ますのよ」

「分りました。もう結構です」

「春代はこの頃、殊に責任を感じているんだよ。まあ〳〵水に流してやってくれ給え」

と吉田君が間に入って、別の話題に移った。しかし春代さんは間もなく又、

「善三郎さん、もう一月早いと光子もこゝにいたのよ」

と言った。

「この家に？」

と私は油断をしていてつい釣り込まれた。

「いゝえ、大阪によ」

「…………」

「君、正信君は気の毒だよ。先月までこゝの師団にいたんだけれど、待命になって郷里へ帰ってしまった」

と吉田君が説明した。

「ふうむ？」

「元来游ぎが上手の方じゃない上に、聯隊長と折合が悪かったんだ。来る度に苦情を並べていたが、とう〳〵正面衝突をしたらしい。突如待命になった」

「待命なら、命を待っていれば宜いんだろう？」

「一年待っていて予備になるのさ。中佐でおしまいだよ」

「少し早過ぎたな。ふうむ」

「興奮してしまってね、庄内武士《しょうないぶし》の名折れになるから差違えて死ぬと言うんだ。僕は困ったよ。ようやく嗛《なだ》めて帰したが、聯隊長も確かに宜しくない」

「何方《どっち》も何方よ。私、呆れてしまいましたわ。鞘当《さやあて》ですって。綺麗な未亡人を張り合って、勝ったつもりでいたら、その敵討に首を取られたんですから」

「はゝあ」

「首になるにもなり方があると言って、光子は泣いていましたよ。私、思い切り言って上げましたわ。正信さんに」

　春代さんのことだから、黙ってはいなかったに相違ない。

　私は重荷を下したような気がした。相良正信は陸軍中佐で梟《けり》がついてしまったのである。もう身返すも何もない。結局そんな人間だったということが、関係当事者にも分ったのだろうから、問題は自然に解決したと思った。

「時に君は一体どうして実業界なんかへ転向したんだね」

　と間もなく吉田君が私の立場を問題にした。

「何てこともないんだ」

「しかし立派なプロフェッサーになれるのに、惜しいじゃないか？　商売なんてものは誰にでも出来るんだ」

「…………」

「善三郎さん、私、どうせ風の便りですけれど、あなたが学校をおやめになったと聞いた時、どうしたことかと思いましたよ。会社なんかへ入って金に使われるのは大嫌いだと、仰有っていたじゃありませんか？」

と春代さんも不思議がった。

「首になったんですよ。学校の方を」

「まあ！　どうして？」

「ハッハ、、、」

「どうしてよ？　彼方で博士になって来た人が、勤まらない筈はないでしょう」

「相良君を笑えません。似たり寄ったりの事件に引っかゝって、責任を負ったんです」

と言って、私は包み隠さず、同僚の細君に思いつかれて誤解を招いた経緯《いきさつ》を話した。

「驚いたな、これは。災難だね。しかし好い災難だ。君も隅《すみ》に置けないよ」

と吉田君は感心して、佐藤君夫婦の詮索《せんさく》を始めたが、同じ郷里の中学校と女学校でも時代が違っているから、全然見当がつかなかった。

「男って皆馬鹿なものですわね」

と春代さんがツク〴〵慨歎した。

「何と言われても仕方ありません」

「正信さんといい、善三郎さんといい、善三郎さんを羨ましがる賢一さんといい」

「羨ましがりはしないよ」

と吉田君は強く否定した。

「好い災難だと仰有ったじゃありませんか？」

「好い面《つら》の皮って意味さ」

「ごまかしても駄目よ。好い面の皮だから、隅に置けませんの？」

「ハッハ、、、」

「オホ、、、」

とこの時蝶子さんが存在を示した。こういう会話を傍聴させて置くのが、春代さんの家庭教育らしかった。

「善三郎さん」

「何ですか？」

「私、あなたにあやまって損をしたわ。そんなことなら正信さんと大した変りはないじゃありませんか？」

「そうですな、結局。何方も褒めた話じゃありません」

「しかし善三郎君のは誤解だろう。正信君とは違う。誤解されて責任を負ったんだから」

と吉田君が弁解してくれた。

「責任を負う位なら何かあったんでしょう」

「教育界は違う。人の師表《しひょう》になるんだから、噂が立っただけでも勤まらない」

「善三郎さん、その佐藤って人は無事に勤めているんですか？」

「えゝ。僕だけ引いたんです」

「それじゃ何もなかったんですわね」

「何があるものですか？」

と私は主張した。苦心惨憺十数年の後、相良正信と相討ちになってはたまらない。

# 清方描く

私は四十二で重役になった。これで余り大きい会社でなかったことが分る。しかし相当の会社だった。吉田君も丁度その頃東京へ移って、常務取締という肩書きの名刺を私に突きつけた。

「漸く漕ぎつけたよ」

と言って、ホク〳〵していた。大阪支店長が長かったから、痺《しび》れを切らしていたのだった。

私は一両年前に住宅を新築した。相変らず婆やと女中だけの独身生活だから、大きなものは要らない。商売人になっても、生活簡素思想高邁《プレーンリビング・ハイ・シンキング》主義《しゅぎ》で行く。自動車だけは買った。急に車庫を建て増すという始末だった。

吉田君は青山の旧居の近くに家を借りた。私のところからは都心へ出る通り道になる。差当り二十年の昔に戻って度々訪れた。正に二十年たっている。私ももう釈然とするところがあった。派手好きの春代さんは、

「善三郎さん、世の中はやっぱり何とかなるものね」

と屢々感慨を洩らした。新世帯で俸給日を待った昔を思い出すのだろう。今は重役夫人として相当贅沢な生活ができる。着道楽《きどうらく》食道楽《くいどうらく》見道楽《みどうらく》だから、金を使う能力《キャパシチー》をふんだんに持っている。

「善三郎さんは残って困るでしょうね？　使う人がいないから」

と心配してくれる。

独り娘の蝶子さんは十九になって、目白の女子大学へ通い始めた。あの頃の光子さんに生き写しだ。よくもこう似るものだと思って、私はじっと顔を見ていることがあった。

「厭《いや》よ、叔父さん」

と蝶子さんが恥かしがる。

「余りよく似ているものですから」

「光子叔母さんにでしょう？　オホヽ」

「いや、清方《きよかた》に似ているんです」

「清方？」

「えゝ。清方の描く美人画に」

「何う？　お母さん」

と蝶子さんはとにかく美人をもって任じている。

「そうよ。私もこの間そう思ったのよ。何かの雑誌の口絵を見て」

と春代さんが私に共鳴した。

「生き写しですよ、清方描くに」

「実はこの間学校の友達が『あなたは美人画の清方さんの御親類ですか？』って訊きましたの。余り似ているから、あなたがモデルになっているんじゃありませんかって」

「して見ると、十目《もく》の見るところです。これからは清方描くってことにしましょう」

「狡《ずる》いわ、叔父さんは」

「何故？」

「オホヽヽヽ」

吉田君も春代さんも学問の問題になると全然諦めている。私をどこまでも教育家と思い込んで、学校関係のことを一々頼む。いつしか私は蝶子さんの学事顧問になった。蝶子さんが英文科だったのも好都合だった。私の寄るのを待っていて、試験の下調べの相談をすることもあった。十九歳の蝶子さんと一緒に本を読んでいると、不惑を二つ越した重役が二十三四の青年に後戻りする。詩の講釈をし

ている時、

「何をやりましょうか？」

「私、英語は駄目よ」

「やさしいものを考えて見ましょう」

「何か御本をこゝに置いておけば宜いのよ」

「ワーズワースにしましょうか？」

「あなた、正直ね」

と私は二十年前の会話を思い出した。それは夏の暑い日で、新町の叔父さんの家の離れの縁側だった。そう〳〵、草矢を射た日だった。いや、その後だったろうか？

「叔父さん」

「あゝ、何ですか？」

「黙ってしまって、何を考えていらっしゃるの？」

「清方描くに見惚れていたんです」

「まあ！　厭《いや》な叔父さん」

悟り澄ました積りでも、盛遠《もりとお》の憧れがまた頭をもたげて来る。これではいけないと思った。もう一つは家庭のない淋しさが手伝った。家へ帰っても、婆やと女中だけでは物足りない。和気に満ちた家庭に自然惹《ひ》きつけられる。これは一つには私が謹直《きんちょく》な生活をしていた証明にもなる。待合にでも入りびたっていたら、中途半端《ちゅうとはんぱ》な慰藉《いしゃ》は求めなかったろう。

約三年間、吉田君が方角違いの田端《たばた》に地を卜して新居を建築するまで、私は相当足繁く青山の家を訪れたと覚えている。一度珍客に会った。相良正信だった。将棋が強くて、段を貰いに来たのだそうだ。旧家で彼方此方《あっちこっち》に山を持っているから、何もしないで暢気《のんき》に遊んでいるのらしかった。春代さんの弟洋一君が大阪から出張して来て、旧交を温める機会もあった。

「叔父さんはやっぱり文学者ね。実業家に変装した文学者よ」

と或時蝶子さんが言った。もう二年生になって、多角的性格を示しはじめた。

「そうかも知れません。金儲けにあまり興味のない実業家ですから」

「お父さんとは違いますわ。お父さんは本当のガリ〳〵亡者《もうじゃ》よ」

「可哀そうに」

「文学を知らず憐れなるかなの組よ。音楽も嫌い、お芝居も嫌い、とてもお話になりませんわ」

「芝居へはよく行くようじゃありませんか？」

「お母さんへのお附き合いよ。お芝居へ行って一番の楽しみはお弁当ですって、お酒が飲めるでしょう？　折角のところ居眠《いねむ》りをして、お母さんに突っつかれたりしますわ。それが三十分の休憩となると、シャキッとしますの」

「まさか。お酒は家でも飲めるじゃありませんか？」

「でも、恩に着せられないでしょう。お芝居なら大威張りよ。慰労の積りですから」

「成程。飲もうとは言いますが、芝居へ行こうとは言いませんな。相撲は好きでしょう？　いつか誘ってくれました」

「相撲ぐらいのものよ。分るのは」

「あれが分らなくっちゃ大変です」

「私、叔父さんとお話している時が一番面白いわ」

「何故ですか？」

「文学の香《におい》がするからでしょう」

「文学少女ですね、あなたは」

「そうかも知れないわ。オホヽ」

「僕は方針を誤ったんです。文学をやったら、もっとどうにかなったと思うんですけれど」

と私はいつもその憾《うら》みがあるのだった。

「その方針を誤まらせた人、私、憎らしいわ」

「そんな人があるんですか？」

「叔父さんは狡いのね」

「ハッハヽヽ」

「でもね、私、家庭の人としては文学者よりもお父さんのような平凡人の方が幸福だと思いますわ。お母さんは本当に楽よ」

「こゝは昔から春風駘蕩《しゅんぷうたいとう》です。お芽出たいです」

「つまり馬鹿でしょう？」

「そんな意味じゃありませんよ」

「そうよ。叔父さんの目から見れば、お父さんもお母さんも馬鹿ですわ」

「今晩は妙な言いがかりばかり仰有《おっしゃ》いますね。もう失敬します」

「御免なさい。もう個人的なお話、よしますから」

「お母さんが私のことを気むずかしいとか何とか仰有っているんでしょう？」

「いゝえ、私、この間カーライルの伝を読んで、奥さんが可哀そうだと思いましたの。文学者は喧嘩ばかりしていたようよ」

「カーライルは特別ですよ。あれは慢性胃弱か何かで一生機嫌の悪かった人ですから」

「奥さんが側にいると、うるさがるんですって。或晩、しゃべらなければいても宜いと言ったそうです。奥さんは黙って編物をしていました。すると、編棒の音がやかましいと言い出したそうです。奥さんが何もしないでいたら、今度は『息の音が聞える』と言ったそうですわ」

「それじゃ生きていられませんね」

「叔父さんも奥さんを貰えば、きっとそんな風でしょう」

「僕は大丈夫です」

「でも、カーライルが大好きじゃございませんか？」

「そんなところまで好きじゃないんです。どうも今晩は何か含むところがあるようですね」

「何もないのよ。でも、こんなお話しているの、私、一番嬉しいわ」

田端の新居がソロ〳〵工事竣成《しゅんせい》に近づいた頃だった。蝶子さんの書斎も出来る。蝶子さんはそれを楽しみにしていて、

「叔父さん、お願いがあって、お待ちしていたのよ。私に色紙《しきし》を一枚書いて頂戴。書斎にかけて置くんですから」

　と要求した。

「書きましょう、何を書きましょうか？」

「俳句を」

「さあ。俳句なんて、この頃は作ったことがないんですよ」

「私の書斎に相応《ふさわ》しいものを考えて下さい」

丁度初夏で、床に燕子花《かきつばた》が生けてあった。蝶子さんの手すさびだった。私はともかくも筆を執った。

「燕子花、清方描《きよかたえが》く人《ひと》……」

とまで書いて沈吟《ちんぎん》した。光子さんに似た蝶子さんを目前に見て、燕子花、清方描く人恋しと浮んだのだったが、蝶子さんを恋していると思われては大変だ。

「燕子花、清方描く人、何？」

「人……」

「人？」

「人若《ひとわか》しとやって置きましょう」

「有難うございます。好いわ、とても」

「字が拙いです」

「いゝえ。叔父さんの字は独特よ」

と蝶子さんは喜んだ。

## 李下の冠

長兄の惣領清が二高を出て上京、私のところの玄関子を勤めながら、大学へ通うことになった。当時大学といえば帝国大学《ていこくだいがく》だった。私学も漸く認められて来たが、まだ〳〵一段下に見られていた。思いがけなく会社の旗頭になってから四年目、私は油が乗っていたのだろう。忙しい生活だったが、すべて順調に行くので満足だった。社長は看板で、別に一つ会社を創《はじ》めていた。旧の幹部がその方へ行って、社長令息と私が後を襲ったのである。

私は社長の恩顧を忘れない。私を五年鍛錬して物にしてくれたのである。専務に任命した時、「どうだい？　餅は餅屋だろう。今となって、君は教育界へ戻れるかい？」

と社長は得意になって言うのだった。

「戻れますよ」

「え〻？」

「収入さえ同じなら教育界へ戻ります」

「厭な野郎だな。まだシェキスピヤに取りつかれている」

「しかし学校じゃ食えないから大丈夫です」

「張合がない。骨を折って工作したのに」

「悪いことを申しました」

「いや、その意気が貴い。さすがに松崎先生の弟子だ。どこまでも分らないことを言う」

「有難くお受け致します。御好意は感銘しているんです。お礼の言葉も見つかりません。唯々努力をします」

「結構々々。俺《わし》も松崎君に約束を果したんだから」

「早速先生のところへお礼ながら報告に伺います」

「宜しく言ってくれ給え。しかし松崎君の言ったことに間違が一つあるらしい」

「何ですか？」

「女癖《おんなぐせ》だけは保証できないと言ったが、別に悪くもないようじゃないか？」

「あれは先生に誤解される事情があったんです」

と言って、私は今更その折の経緯《いきさつ》を説明した。

「成程、艶福《えんぷく》だな」

「何だか知りませんが、そのため今日あると思うと、損もしていません」

「儲かっているさ。御馳走になった上」

「御馳走になんかなっていませんよ」

「ハッハ、、」

「社長まで誤解して下すっては困ります」

「俺は唯漫然と悪いんだと思っていた」

「何がですか？」

「女癖さ。真面目な顔をしていて、そういうのがよくあるんだ。芸者や女優なら構わないが、タイピストあたりにチョッカイをかけるといけないと思って、なるべくレッテルのまずいのを当てがって置いたんだよ」

「僕にですか？」

「うむ。松崎君が余計なことを言うものだから、つまらない心配をした」

「恐れ入りました」

私は今このチョッカイという言葉を思い出して微笑を禁じ得ない。真面目な顔をしていて漫然と癖の悪い連中も記憶の中に浮んで来る。

清は三年いたから、私はその頃の生活をよく知っている。会社の専務といえば、昔ならお歴々だ。

「千石でしょうな。御家老《ごかろう》ですよ」

と清は旧藩時代《きゅうはんじだい》に引き較《くら》べて、私に多大の敬意を表した。運転手を足軽に見立て〻五両三人扶持《ぶち》は、現今の物価に換算すると、丁度運転手の年収に当るそうだ。経済学部の学生だから、そういう研究に興味があった。

私は毎朝その足軽の運転する自動車に乗って出勤、一日社務を見て、夕方から大抵待合《まちあい》へ廻る。会社の重要な商談が待合で行われるのは不服だったが、因習牢《いんしゅうろう》として抜き難い。清は多大の興味をもって待合のことを訊くのだった。私が相当発展していると思っていたのらしい。

「叔父さん、家へ芸者の来ることがありますか？」

「来ないとも限らない」

「見たいものですな、東京の芸者を」

「おい。東京の芸者々々って、お前は田舎の芸者を買ったことがあるんだな」

「真平《まっぴら》、いや、決して」

と清は慌てた。奴《やっ》、この原稿を時折窃《ぬす》み読みするようだから、特に二十年前の会話を誌《しる》して置く。

その頃、安井信子《やすいのぶこ》という声楽家が売り出した。艶麗な三十女だった。私は西洋音楽の分らない組だ。安井信子は、芸よりも美貌が物を言ったのだろうと思う。アメリカで修業したそうだけれど、話をして見ると地理が怪しい。全然独身で無係累《むけいるい》と称しているのは、安心して誘惑して下さいという発表とも考えられた。見るからに挑発《ヴオラツプチヤス》的な女だった。

社長が大の贔屓で、信子女史のために後援会を起した。社長の属する倶楽部に私も入会していた。そこの不良老年共が皆参加したから、有力な会が出来上った。社長が会長になったため、私は幹事を仰せつかった。

発会式の席上、社長が立って、

「本会は読んで字の如く、安井信子女史の後援会であります。女史の芸術を鑑賞し、女史の社会的地位の向上と生活の安定を計ることを専らの主旨と致します。女史は御覧の通りの麗人ですけれど、後援会員共同の至宝でありますから、個人的に余念雑念《よねんざつねん》を起してはなりません」

とやった。

「賛成々々！」

と大勢が叫んだ。女史は笑っていた。

「換言《かんげん》すれば、誰もチョッカイをかけてはいけないのであります」

と社長は念を入れた。

「ハッハ、、、」

賛成と叫んだものも手を拍って笑ったものも、皆余念雑念に満ち〳〵ていたのだった。

私は幹事だから女史との接触を保たなければならなかった。しかし忙しいから、会社では会えない。女史の方から家へ訪ねて来る。後援会は女史の出る音楽会の切符を大量に引受けるのみならず、女史の独演会を催す。

「丸尾さん、何とかして頂戴よ、ねえ」

という調子で馴れ〳〵しい。私も中高《なかだか》美人には弱い方だから、敢えて抵抗しない。それを見ていた清は私の心の歴史に対する安井信子の数頁があるように今でも嫌疑をかけているのである。

或る日曜に女史が押しかけて来た時、隣家の古川氏が盆栽を見に来ていた。何とかの宮の別当《べっとう》を勤めている中老で、直ぐに宮家を引き合いに出す。紹介したら名を知っていて、女史の芸術を宮殿下と妃殿下のお聴きに達したいと言った。お世辞を真《ま》に受けて、女史は度々隣家を訪れるようになった。その都度私のところへも寄る。晩くまで話し込まれて、自動車で送ってやることもあった。

「丸尾さん、一緒によ。夜のドライブ宜いでしょう」

と誘う。

幹事を一年近くやっているうちに、

「丸尾君は不都合だ。幹事の地位を悪用して、チョッカイをかけている」

という評判が立った。しかし私は顧みて疚《やま》しいところがない。浮気女《フラート》にはもう懲りていた。殊に忽然と出現して、前身のよく分らない代物《しろもの》だ。危険この上もない。更に一種の有名人物で、倶楽部の先輩が皆目を見張っているのだから、若《も》し手を出すものがあるとしたら、それは余程の馬鹿か無法者だろう。

或る日、社長が私を社長室へ招き込んだ。秘書を秘書室へ退去させて、

「時に丸尾君、倶楽部に変な評判が立っているが、君は承知か？」

「さあ。何ですか？」

「これは紳士として直接に訊けないことだけれど、俺等は内輪同志の関係だから、まあ〳〵勘弁してくれ給え。松崎君の注意もあるから気になるんだ」

「…………」

私はもう、分っていた。社長に心配をかけては済まないと思った。

「君は独身だから余計問題になるのだろう。俺は信じて疑わないんだが、評判を聞くとやっぱり気になる。どうだね？　君は信子さんにチョッカイをかけたんじゃないか？」

「飛んでもないことです」

「しかし女史は君のところへ度々行くそうじゃないか？　無論後援会の事務関係もあるだろうけれど」

「そう頻繁《ひんぱん》でもないでしょう。隣りへ来た序に寄ることもあるんですから」

「宮さんの別当の家か？」

「はあ。僕は別当が余念《よねん》を起しているんじゃないかと思います。御前演奏で釣るという手も考えられます」

「御前演奏は是非やらせたいものだな。君も一つ協力してやってくれ給え。同時にその別当を監視しなければいけない」

「社長もやはり宮内省御用が有難い方ですか？」

「箔《はく》がつくよ。箔が」

「僕はそういうことは大嫌いです」

「嫌いなら嫌いで宜いが、夜分一緒にドライブをするのは考えものだよ。少し矩《のり》を越えてはいないかな？」

「晩くまで話しこまれて、仕方なしに送ってやったんです」

「倶楽部の連中はそういう事情が分らない。岡焼《おかやき》もあるのだろう。種々《いろいろ》のことを言う。余り評判が高いから、俺も心配する」

「面倒だから、もう幹事をやめさせて戴きます」

「それはいけない。角《かど》が立って、却って注意を惹く。気をつければ宜いじゃないか？」

「…………」

「とかく世間は口うるさい。しかし幹事としての接触は公明正大だから、少しも遠慮することはない」

「はあ」

「李下《りか》に冠《かんむり》を正《ただ》さず、瓜田《かでん》に履《くつ》を容《い》れず。この心得さえあれば差支あるまい」

「御親切有難うございます」

私はお礼を言って引き退ったが、この頃の言葉で表現すれば、何だか少し割り切れないものがあった。私が言わなければ知らないことを社長が知っている。深夜のドライブなんて分る筈がない。まさか私の足軽を買収しているのでもあるまい。私は権力依存《けんりょくいぞん》が嫌いだから、御前演奏の件にも触れた事がない。

その年の暮だったと記憶する。何でも寒い時だった。関西へ出かけた社長が血圧を下げるために、一週間ばかり親しい医学博士の家で静養するからと言って、秘書を帰して寄越した。

「須磨《すま》の別荘で極く閑静なところです」

という報告だった。然るに二三日たって、紀州の温泉から電報が飛来したのである。

「シャチョウサンノウイッケツダレカキテクダサイ」

奥さんは折から風邪《かぜ》発熱《はつねつ》。元来病身だから長途の旅行に堪えられない。令息と私が駈けつけた。紀州の白浜《しらはま》というところだった。

「まあ、お揃いで」

と安井信子女史が出迎えたには驚いた。社長は幸いにして軽症《けいしょう》だった。

「到頭やってしまったよ。しかし大したことはない。この通りだ」

と言って両手を動かして見せた。須磨の医学博士の別荘にいる筈の人が白浜の宿屋にいる説明を一向しない。

「安井さんは第一着でしたね。いつお出になったんですか？」

と私は訊いてやった。

「御一緒よ。初めから」

と女史は平気だった。それから発病の模様とその後の経過を詳しく話した。極く軽症だけれど、脳溢血には相違ない。須磨の博士は架空人物《かくうじんぶつ》でなく、招電に応じて、直ぐに診察に来たのである。

「お父さん、気をつけて下さらないと困りますよ」

と令息は安心すると共に苦《にが》り切った。

「もう大丈夫だ」

「いゝえ」

「極く軽いんだから」

と社長は顧《かえり》みて他を言うのだった。

李下の冠、瓜田の履。私にお説教をした社長だ。真面目な顔をしていて漫然と癖の悪いのは夫子自《ふうしじ》身《しん》だった。初めからチョッカイをかけていて、後援会を組織したのかも知れない。人を食っている。松崎先生から改心したかと言われる意味もこの時初めて分った。

それから半年もたってからのこと、私は社長と二人きりで会社の建物の屋上に立っていた。何のためにに屋上へ行ったのか思い出せない。

「丸尾君、実は俺は君に会わせる顔がない。あやまる」

と社長が突如言った。

「何ですか？」

「訊かないでも分っている」

「はてな」

「白浜々々」

「ハッハ、、、」

「あれは君に取られるかと思って、お説法をしたんだよ」

「もう水に流しましょう」

「松崎君には話さないでくれ給えよ」

社長は竹馬の友松崎さんが怖《こわ》いのだった。剣より強いペンは金よりも強いと私は思った。松崎先生も荒尾社長ももう疾うにこの世の人でない。二人の霊に福祉《ふくし》あれ！

## 化け物まつり

清に光子叔母さんのことを頻《しき》りに訊くという印象を与えたのは、この頃だった。母が健在だったから、私は年に一度必ず帰省することにしていた。以前と違って、汽車が市に着く。町がもう市になっていたように記憶する。生れ故郷は懐しい。

光子さんともその折当然顔が合う。親戚廻りをするから、相良正信だけを除外する次第《わけ》に行かない。

盛遠の憧れは不惑を越しても消えやらず、光子さんを見かけると、胸が轟く。やはり疵《きず》が残っていて、そこへ当るのらしい。初恋はいつまでも忘れられない。故郷《くに》へ帰ると、私は二十三四の昔に戻る。

相良君が同席だから、その昔を語る機会はない。当らず障らずの世間話をして辞し去る。一度相良君が遠慮の埒《らち》を外して、

「善三郎さんは本当に独身ですか？」

と訊いた。

「はあ」

「どういう訳ですか？　僕はいつも不思議でなりません」

訳が側《そば》に坐っているには困った。

「彼方《あっち》へ行っていて、時機を逸したんですよ。もう面倒だからと思っているうちに、そのまゝ固定してしまったんです」

「しかし第二号があるんでしょう？　一号がないのに二号ってのも変ですけれど」

「方々からそんな嫌疑をかけられますが、それほどの働きのある人間じゃありません」

「それは嘘でしょう。万事設備の好い東京です。側《はた》が承知しない。独身の重役を唯置く筈はない」

「あなた、善三郎さんはあなたと違って人格者よ」

と光子さんが言った。大阪のことを思い知らせたのだろう。

私は子供のことを光子さんに訊く。何人あろうと一向関心は持っていないのだが、社交として仕方

がない。

「中学校と女学校ですか？　するとあなたは幾つになったんですか？」

「三十七よ、もう」

「そうですか？　早いものですな」

此方より五つ下だ。分っているのに、初めて知ったように言う。

「善三郎さんは四十二？　三？」

「二ですよ」

「姉さんと同じでしたわね」

と光子さんも芝居をする。

「善三郎さん、一つ最近の掘り出し物を御覧に入れましょうか？」

と相良君は道楽の方へ話を向ける。将棋が三段、刀剣の鑑定が巧者《こうしゃ》、この二つで重きを為しているらしい。私は刀剣に興味がない。人を斬殺《ざんさつ》する以外に何等の能もない無用の長物と思っているけれど、光子さんが見てやって下さいというような表情をする。相良君が刀剣の講釈をはじめると長くなる。

母が亡くなっても、私は年に一度帰省した。或時、偶然天神祭《てんじんまつ》りの前夜に着いて、思い設けず、唯の数分間だったけれど、夢幻の世界へ戻った。長年疑問にしていたところが、氷釈《ひょうしゃく》したのだから、これは詳しく書く必要がある。

故郷の五月は祭り月で、次から次と祭典がある。二十五日の天神祭りが圧巻《あっかん》だ。お国自慢ではないが、こういう大規模《だいきぼ》の饗宴は土地の富裕を物語る。全市挙《こぞ》って酒びたりになるのである。それも飲ませ方《かた》が面白い。

化《ば》け物《もの》と称して、男は女に、女は男に扮装する。これには趣向を凝らす。鳥追笠《とりおいがさ》を被って覆面《ふくめん》しているから、どこの誰か分らない。右手に四号壜、左手に盃を持って、会う人毎に酒を薦めながら、町を横行する。差された盃は必ず受けなければならない。一日無礼講《ぶれいこう》だ。人の家へ上って行って一人々々に飲ませる。軒並《のきなみ》に門戸を開放して化け物を迎える。化け物も毒味をするから、夕方になると、全市酔わないものは子供だけだろう。

「善三郎、丁度好いところへ帰って来た。一つ久しぶりで化け物に出ないか？　恒二郎も出る」

と長兄が言ったのである。恒二郎兄貴はその為めに山里から女房子供をつれて客に来ていたのだった。

「出ましょうか？　親戚廻りの代りに」

翌朝、私は嫂《あによめ》の長襦袢《ながじゅばん》を借りて、若い女性に扮装した。嫂が手伝って、帯を結んでくれた。

「大女《おおおんな》だね、これは」

と長兄が笑った。恒二郎兄貴は女房の着物を持って来ていた。これも大柄だ。各〻志すところがあるから、家を出ると直ぐに右左へ別れた。化け物は久しぶりにも何にも、私は初めての経験だった。隠れ蓑《みの》を着ているような関係で、優勢の地位にいる。此方は相手がすっかり分るのに、相手は此方が分らない。通行人に振舞ったが、果しがないから、親類廻りを始めた。上って行って飲ませた後、

「誰だか分りますか？」

と訊いて見た。

「おや〳〵、この化け物は口をきく」

「分らないでしょう？」

「はてな」

「私ですよ」

「誰だね？」

「丸尾の善三郎ですよ」

「これは〳〵」

「昨夜《ゆうべ》帰って来ました」

「いたずらをするじゃないか？」

「方々《ほうぼう》廻りますから、これで失礼」

相良家の門をくぐって玄関へ通った時は胸が轟いた。相良君がいた。飲ませたが、光子さんの姿が見えない。訊く次第《わけ》にも行かないから、後ろ髪を引かれる心持で出て来てしまった。光子さんに盃が差せないとなると、扮装の興味が半減する。

二三軒寄って、新町の叔父の家の前を過ぎた。思い出の多いところだが、叔父はもう果てゝ、家も屋敷も人手に渡っている。その隣りが中村勝右衛門といって、私の同級生だ。親しい間柄だから、序

に一杯振舞う気になって、ノコノコ入って行った。中村君に飲ませて、

「おい。誰だか分るかい？」

　と訊いてやった。

「分らない。誰だ？　名乗れ」

「丸尾善三郎」

「やあ。帰って来たのか？」

「昨夜帰って来た」

「好い鳥が舞い込んだ。逃がさないぞ」

　と中村君は私を捉えた。

「今は勘弁してくれ。晩に来るから」

「きっと来るか？」

「うむ」

「それじゃ逃がしてやるけれど、待て〳〵、君の親類が来ているよ」

「誰だ？」

「相良の奥さんさ」

「えゝ」

　私は驚いて、覚えず周囲《あたり》を見廻した。

「離れで話している。家内《かない》と同級生だ。公園へ仮装行列を見に来たのを家内が呼び込んだんだ」

「そう言えばこの隣りだったからね」

「飲ませてやれ」

「しかし明《あ》かしちゃ駄目だよ」

中村君は私を離れへ伴ったが、細君を呼んで引き返した。私は光子さんのところへ進み寄って、女性の所作《しよさ》よろしく、盃を差した。光子さんは快く受けたけれど、一口啜《すす》って持て余した。

「御迷惑でしょう」

と言って、私はお流れを頂戴した。光子さんは何れ親しい人の変装だと思って、愛想好《あいそうよ》くニコ〳〵笑っていた。

「光子さん」

「はあ？」

「誰だか分りますか？」

私の声は震えていたろう。

「…………」

「光子さん」

「善三郎さん？」

「え〵」

「善三郎さん」

　光子さんは私の手を取って、

「何も言わないでね。今更仕方がないじゃありませんか?」

「…………」

「私、分っていたのよ。今でも分っているのよ」

「…………」

「もう何も言わないでね」

「分りました」

　そのまゝ沈黙が続いたところへ、中村君と細君《さいくん》が入って来た。

「分ったのかい?　やっぱり」

　と中村君が訊いた。

「分ったよ」

「直ぐに分ったわ」

　と光子さんが中村夫人に言った。夫婦とも変装だけを問題にしていた。

幸福の工作

田端と渋谷へ懸け離れても、私は度々吉田家を訪れた。春代さんが客好きで、下にも置かないようにしてくれる。蝶子さんが電話をかけて寄越《よこ》す。

「来週は臨時試験よ。来て下さいね、叔父さん。私、落第してしまいますよ」

と退《の》っ引《び》きさせない。

私も光子さんに似た蝶子さんに、文学の指導をして若返るのが嬉しかった。万障繰り合せる。春代さんはそれを察していたらしい。

「あなた方は果てしがないのね。英文学って、そんなに面白いもの？　二人きりで部屋へ入ってしまって、愛人同志のようよ。善三郎さんだから宜いようなものゝ、他《ほか》の人なら、私、心配になるわ」

と言うのだった。

「お母さん、お母さんは叔父さんが私のために、私を可愛がって下さると思っていらっしゃるの？」

と蝶子さんがニヤ〳〵笑い乍ら反問した。

「身内《みうち》なればこそでしょう。忙しい重役さんが無理をして下さるんだから」

「オホヽヽ」

「何が可笑しいの？」

「お母さんは正直ね。叔父さんは私が、叔父さんの好きな人に似ているから、私を可愛がって下さるのよ」

「誰？　お前が似ているってのは」

「大好《だいす》きな人らしいわ。今晩もその人の方が私よりも、よっぽど頭が好《い》いって仰しゃいましたから」

「からかうのよ、叔父さんは、あなたが本気になって勉強するように」

と春代さんは取り繕《つくろ》った。

陽気一方の蝶子さんに、暗い影がさし始めたのは、三年生になってからだった。私は必ずしも、蝶子さんの想像しているような含蓄《がんちく》からばかりでなく、業務の憩《いこ》いとして、蝶子さんのため文学の指導を続けた。秩序立った講義をするのではない。漫談だ。雑談に終ることもある。

「叔父さん、私、事によると家を逃げ出すかも知れませんよ」

と或晩蝶子さんが言ったのである。我儘娘《わがままむすめ》だから無暗なことを平気で言う。

「愛人でも出来たんですか？」

と此方も驚かない。

「出来れば宜いと思うわ」

「何故？」

「お母さんと私、全然頭が違っていますから」

丁度その頃、春代さんが蝶子さんの縁談について私に打ち明けた。独娘《ひとりむすめ》だから嫁にはやれない。婿をもらう。ついては吉田君の方の親類の次男坊に学資を出して、商大を卒業させてある。

「豊造《とよぞう》さんですよ。あれなら申分ないでしょう」

と用意周到を誇るのだった。私は度々顔が会って、豊造君をよく知っている。重役業は必要の上から人を見る目が肥える。私に言わせると、豊造君は可もなく不可もない十把一からげの口だった。

「そうですか？　豊造君が候補者ですか？」

「候補者じゃないのよ。もう定めてあるのよ。学校の成績も好かったし、第一人間が温厚です。右を向いていろと言えば一日でも右を向いていますから、蝶子には丁度好いと思いますの」

「蝶子さん承知ですか？」

「薄々《うすうす》感づいていたようですから、この間話しました」

「それは芽出度いです」

「いゝえ。蝶子は不服よ。我儘で困ります」

「すると駄目じゃありませんか？」

「何とか文句をつけるのよ。これがお前のお婿さんよと言われて、はい、有難うございますって喜んでお受けしたんじゃ、見識《けんしき》が下《さが》ると思うんでしょう。何とかなりますわ」

「断然厭《いや》だと言うんでもないんですか？」

「ナカ〳〵強硬よ。あなたもよく教えてやって下さいね。親が子供の幸福を考えて長年《ながねん》心掛けたことに間違いはありませんからって」

「さあ。しかし少しでも気が進まないようなら……」

「話せば分りますよ。豊造さんぐらいの婿は探したってナカ〳〵見つかりませんわ。その上に中学校卒業以来面倒を見て上げているんですから、義理にも蝶子を大切にしてくれるでしょう」

Man proposes, God disposes という言葉が私の頭に閃《ひらめ》いた。画策《かくさく》するのは人間で、成就《じょうじゅ》させるのは神である。人間の画策、必ずしも神さまが成就させてくれない。春代さんは光子さんの場合を思い返して深く反省する必要がある。人間の不幸の一部分は、自然に委せて置けば宜いところに浅薄《あさはか》な工作を加えることから起る。私はそれとなく、この問題は親の意向ばかりではいけない事を主張して、

「お父さんも全然あなたと同じお考えですか？」

と吉田君の頭を疑った。

「えゝ。私の方にも候補者があったんですけれど、吉田家の顔を立てなければなりませんから、豊造さんってことに承知したんです」

という返答で、春代さんは全く別の世界に住んでいる。

「吉田家の顔よりも何よりも蝶子さんの心持が大切《だいじ》でしょう？」

「善三郎さん、あなたは考え違いをしているわ。蝶子は子供よ。子供に世の中がわかりますか？」

「それは無論親が経験を利用することは結構ですけれど」

「あなたは本当に変な人ね。喜んで下さると思ったら、変なことばかり仰しゃるんですもの」

「春代さん」

「何あに？」

「人間の頭で考えて、こうすれば一番幸福だろうと思うことがあっても、それは結局するところ好い加減なものですよ。その頭が又一人々々制限されているんですから心細いんです」

「私の頭は馬鹿だと仰しゃらないばかりね」

「あなたは気が立っている。今晩はもうやめます」

「幾ら馬鹿だって、娘のためには、一番幸福と思うことをしてやらなければならないでしょう。それがそう行かなくても、世の中は何もそうよ。思い通りには行かないんですから、仕方がないじゃありません？」

「分っていますよ。唯もう一度蝶子さんの意思を重《おも》んじなければいけないと思うんです」

「吉田からも言い聞かせますから、善三郎さん、あなたは兎に角邪魔だけはなさらないで下さいね」

「大丈夫ですよ。僕も蝶子さんの幸福ってことを考えているんですから」

私はもうそれ以上は言わなかった。

蝶子さんはその次に会った時、

「叔父さん、この間お母さんからお話があったでしょう？」

と訊いた。

「ありました」

「叔父さんも私を圧迫《あっぱく》する組？」

「僕はお母さんに叱られたばかりで、何が何だかまだ分らないんです。お父さんからお話がありましたか？」

「えゝ。父は手をつかないばかりにして、頼みますの。母とは行き方が違いますけれど、私、厭なものはどこまでも厭よ」

「絶対にお厭ですか？」

「豊造なんて、名からして大嫌いですわ」

「それじゃ問題にならないじゃありませんか？」

「ならないものを何とかしようとするんですから、お母さんもひどいわ」

「困りましたね」

と私は考えこんだ。

「叔父さんだけが、味方よ。こうなれば屹度《きつと》そうなると思っていたんですけれど」

「そうなるとは？」

「叔父さんだけが私の立場を理解して下さるってことです」

「しかし私にはあなたの立場が分りませんよ」

「自由の立場よ。唯それだけよ」

「それだけなら分りますが、蝶子さん、あなたは別に誰か心当りがあるんじゃないですか？」

「ないわ、そんなもの」

「あるなら話が早いんですけれど、それじゃ今の自由の立場を差当り妨げられずに続けたいと思うんですね？」

「えゝ」

「そういう意味でお力になりましょう」

蝶子さんは教科書の上に手をついていて、講義を始めさせない。尚お少時話《しばらく》しているうちに、立って部屋を出たと思ったら、直ぐに戻って来て、

「叔父さん、私、白状するわ」

と言って寄り添った。

「何ですか？」

「私、行きたい人があるのよ」

「そうだろうと思いました」

「あればお話が早いと仰しゃったから白状しますわ。お友達の兄さんよ。大学で哲学をやっている人よ。そのお友達の家へ遊びに行くうちにお話をするようになって、相当理解がついている積りですけれど」

「約束したんですか？」

「いゝえ。でもお互に心を許していることは確かです。お友達もお姉さんになって下さいと仰しゃるんですから」

「どういう家庭ですか？」

「お父さんはどこかの会社に勤めています。重役でしょう、きっと、大きな家ですから」

「長男ですか？」

「えゝ。それで困るんですけれど」

「詳しく話して下さい」

と言って、私は手帳を出した。春代さんから頼まれたことの正反対をするようだけれど、行きがかり上仕方がなかった。

## 愚人の告白

その後間もなく、私は春代さんから態《てい》の好い出入り差止めを食った。手紙で言って寄越したのである。二十年後の今日、内容はハッキリ覚えていないが、要するに、自分の幸福も許れない人に、人の娘の幸福が許れる筈がないから蝶子の縁談について要《い》らざる智恵をつけないで下さいというのだった。何とも仕方がない。私はその意を体して、もう寄らないことにしたが、こゝまで書いて、年代《ねんだい》に食い違いがあったように思い始めた。

吉田君は随分長く東京にいたようだったけれど、事実は三四年に過ぎなかったのだろう。春代さんが文句を言い出した年に大阪へ栄転した勘定になる。大阪の支店が兄弟会社に独立して、吉田君は専務に納まった。夫婦は蝶子さんを女子大の寮舎に残して大阪へ去った。出入りを差止めた春代さんは、私に蝶子さんの監督を頼んで、

「こうなれば、あなたに面倒を見てもらう外仕方がないわ。腹が立っても、親類ってやっぱり調法なものね」

と言うのだった。

蝶子さんが度々家へ来たことを覚えている。それにしても、清と蝶子さんの顔の会った記憶がない。清といえば、安井女史を聯想する。清と蝶子さんは同じ年に生れている。何方も大学なら、時代が一緒でなければならない。その疑問が頭の中にあったから、私は或晩、

「清、お前がおれのところにいた頃、吉田の蝶子さんが女子大の寮舎から家《うち》へ遊びに来たかい?」

と訊いて見た。

「違います。あの頃来たのは、安井女史だけです」

「安井のことじゃない。蝶子さんの話だ」

「僕が上京した頃は、蝶子さんはもう卒業して大阪へ帰っていました」

「ふうむ。すると入れ替《かわ》りか?」

「そうです。安井女史は僕が来て一年ぐらいたってからだったと思います」

「安井々々って、何だ? 馬鹿な」

「済みません」

「入れ替りとはおかしいな。するとお前は中学校で幾度落第したんだ？」

「落第なんかしませんよ。二高へも一遍で入っています」

と清はツンとした。幾ら鈍才《どんさい》でも三度落第はしまい。

「成程。二高があるか？　わかった〳〵」

「女学校から直ぐ行く女子大学と一緒にされちゃ困ります」

「おれは考え違いをしていた。どうも勘定が合わないと思った」

「僕も安井女史が先に出て来て、蝶子さんが後からってのは変だと思いました」

「何だ？　又読んだのか？」

「はあ。叔父さんは蝶子さんとも発展したんじゃないですか？」

「馬鹿を言うな」

「蝶子さんは兎に角、お光叔母さんの方は全幅的《ぜんぷくてき》に告白なさいましたね」

「ハッハ、、。仕方がない」

と私はつい白い歯を見せてしまった。

「化け物のところは好かったです。やっぱり叔父さんは頭が好いと思いました。天神祭りを利用するなんてことは、ちょっと考えつきません」

「あれは想像だ。あの通りの事実があったんじゃない」

「狡《ずる》いですよ、叔父さんは」

「ハッハ、、」

「まだ〳〵種々《いろいろ》あるんでしょう？」

「もうない。そうさな。もう一つ豪《えら》い告白があるかも知れない」

「待っています」

「人生愚挙多し。お前も気をつけなければいけない」

「僕は何も悪いことはしていませんよ。平々凡々で寧《むし》ろ口惜《くや》しいくらいです」

「うっかり日本文で書き始めてしまったが、英文で書き直そうと思っている。おれの小説は日本で出すのは惜しい。アメリカで売ってやる。おれも少しは稼がないとやり切れない。国策から言っても、賠償《ばいしょう》は賠償でおとなしく払って、印税《ロイヤリチー》で取り返すのが合理的だろう」

「話のスケールが大きいですな。ハッハ、、」

「本当だよ。書くくらいなら、価値を世界に問わなければ」

「英文でも『心の歴史』ですか？」

「いや、Confessions of an Old Fool《コンフエッションズ・オブ・アン・オールド・フール》（愚人の告白）とやる。英語だとOld Fool《オールド・フール》って字がポンと利《き》くんだ」

「好いですな。しかし彼方《あっち》のものと太刀打ちが出来るでしょうか」

「出来るとも。彼方のものだって、大したことはない。買って読まない本がこんなに沢山あるのは、読ませる力がないからだ。大抵此方よりも若いのが書いているんだから」

と私は序をもって気焔を揚げた。

清は私と寛《くつろ》いで話す機会を書き入れにしているから、調子を合わせる。彼方《あっち》で二ドル半の本を出せば、約七百円、百冊の七万円、千冊の七十万円と計算してくれた。

「大きなものですよ」

「彼方の印税は最低二割だから、十万部なら一億四千万円さ。ちょっと息がつける」

「ちょっとどころじゃありません。是非一つやって下さい」

「ピーターソン教授の忠告を思い出す。今からでも晩《おそ》くない」

「彼方にお友達が多いでしょうから、便宜がありましょう」

「いや、戦争以来皆音信不通になってしまったよ」

「そう〳〵、いつも思い出すんですが、あの頃綺麗なアメリカ婦人が二三度見えましたね。金髪碧眼《へきがん》で透き通るように色の白い」

「誰だろう？　学校や教会の西洋人が随分来たけれど」

「ブロンド美人の標本だと叔父さんは仰しゃっていました」

「パーマー夫人だろう？」

「宣教師ですか？　パーマーさんは」

「うむ」

「占めた。それじゃ、ミス・ジェーンですね。退《の》っ引《ぴ》きさせませんよ」

「何だ？　引っかけたのか？」

「精読しているんです。ハッハ、、」

と清は鬼の首でも取ったようだった。

「人物を一々詮索《せんさく》しているのか？　パーマー夫人も美人薄命の方だ。そうさね。あの後間もないことだったが、主人のパーマー君が浅間山で死んだんだよ」

「はゝあ」

「登山した時噴火だか爆発だかがあって、落ちて来た石に当ったんだ。悪い廻《まわ》り合せさ。ジェーンさんは泣きの涙で、子供を二人つれて帰って行った。これも戦争までは時々通信があったんだけれど」

と私は思い出話になって、感慨を再び新たにした。パーマー君は神戸で伝道していて、関東方面には関係がなかったのに、夏分軽井沢《なつぶんかるいざわ》へ来ていて奇禍に遇ったのだった。

「そういうのは基督《キリスト》教の方ではどう解釈するんですか？」

「どういうのだ？」

「日本へ神さまの道を伝えに来た人が火山の爆発という神さまの行為で命を殞《おと》すってことです。矛盾《むじゅん》じゃありませんか？」

「神さまの行為じゃない。自然現象だ」

「しかし火災保険の証券《ポリシー》には雷や地震を神さまの行為（Acts of God《アクツ・オブ・ゴッド》）としてあります」

「保険証券とはよく覚えていたな。ハッハ、、」

「叔父さんはいけませんよ。僕が何か言うと直ぐに馬鹿にして」

「いや、感心したのさ。保険証券から宗教問題とはさすがに実務家だと思って」

「地震で人が死ぬのも同じことです。神さまの愛が何処にありますか？」

「自然現象を一々神さま直接の行為と考えると矛盾が起る。基督教に限らず、すべての宗教は、宇宙観がなくて世界観だけの時代に出来たものだ。地球が中心になっているから狭《せま》い。額面通りそのまゝには受取れない。しかし宗教は一つの大きな暗示《あんじ》だよ。謎《なぞ》だよ」

「謎というとハッキリしていないんですね」

「そうさ。基督やマホメッドや釈迦《しやか》が、すっかり解決して行ったと思うと間違う。教祖は皆暗示を与えて、謎を残して行ったんだ」

「僕はこの頃、宗教や人生問題に興味が出て来て、種々《いろいろ》と考えているんです。時々叔父さんのお話を伺いたいと思います」

「好い徴候《ちようこう》だよ。人の金の勘定ばかりして嬉しがっているのかと思ったら、そうでもないのか？」

「馬鹿にしちゃいけませんよ」

「ハッハ、、」

雪舟の一軸

成程、清の言う通りだった。蝶子さんが大阪へ行った後へ、清がやって来たのだ。それから一年たって安井女史が出現して、後援会が二年近く続いた。社長の脳溢血を見舞いに白浜へ行った序《ついで》に、大阪へ寄ったら、蝶子さんはまだ結婚していなかったから、卒業後三年間頑張ったことになる。東京大阪と掛け離れては、私も入れ智恵のしようがなかった。それに意中の哲学者は、もう身を固めてしまった。蝶子さんは両親の懇請黙《こんせいもだ》し難く、ついに我を折って、名からして嫌いな豊造君を婿として迎えることに納得《なっとく》したのらしい。私は内容を知っているから進まなかったけれど、春代さんに電報で促されて、はる〴〵大阪まで下り、式にも披露会にも列席した。

「新婚旅行は何処ですか？」

と私が訊いたら、

「そんな気になれると思って？」

と蝶子さんは気色《けしき》ばんで反問した。

さて、会社の方は社長が亡くなって、令息が後を継いだ。私は専務として補佐する。何方もアメリカ仕込みで馬が合う。白金学院をおっぽり出されてから十年余、その間一回も愚挙に陥らなかったのだから、公私ともに好成績だった。

社長は生前、私のために度々媒酌を心掛けてくれたが、私はいつも体能《ていよ》く断った。大年増の佐藤夫人に思いをかけられて以来、客種《きゃくだね》がダン〳〵落ちて来るのは、年を食った証拠だったろう。子爵未亡人と、大株主の未亡人と宮内官の未亡人だったと覚えている。此方《こっち》は何も先夫の社会的地位を望んでいるのではないのに、肩書をしきりに吹聴する。

「社長さん、未亡人はもう好い加減にして下さいよ」

と言ったら、省《かえりみ》るところがあったと見えて、もう勧めなくなった。

社長は脳溢血が再発して、そのまゝ逝《い》ってしまったのだった。好い人だったけれど、品行の方は紳士でなかった。葬式が済むと直ぐに、安井女史が私のところへ駈けつけて来た。女史は社長から月々後援を受けていたが、急逝のため、後の纏まりがちっともついていなかった。

「雪舟《せっしゅう》の掛物を一本戴いたばかりよ。見て頂戴」

と言って持って来たのである。私は書画の鑑定は出来ないが、社長が好きだったから、感化を受けて多少ひねくるようになっていた。一見して驚いて、

「これは素晴らしいものです」

と言った。

「一万円すると仰しゃいました」

その頃の一万円だ。

「お金の代りに戴いたんですか？」

「いゝえ。座敷の掛物が気に入らないと仰しゃって、持って来て下すったんです」

「さすがに社長ですな。これは家宝として置くと宜《い》いです」

「でも、これだけじゃ後が困りますわ。社長さんに面倒を見ていたゞけると思って、殆んど引退した形になっていますから、再起するにしましても、右から左へは運びません。それまでのところを凌《しの》ぐだけのものが欲しいんですけれど」

「幾ら要求しましょうか？」

「要求でなくて、お願いよ。一本」

と言って、安井さんは人差し指を立てゝ、

「一万円」

と間違いのないようにつけ足した。

安井女史の要求は当然だった。つい横着な考えを起したものだから、こういうことになったと言って、後悔していた。社長はたしかに責任がある。私は令息に相談した。

「困るな。何《ど》んなものでしょう？　これは親父の人格にかかわる問題ですから、否定出来ないでしょうか？　此方《こっち》は知らないと言って」

と令息は頬被《ほおかぶ》りの政策を取ろうとした。

「しかし、あなたも御承知の通り、白浜がありますよ。否定出来ますか？」

「金は兎に角、人格上肯定《こうてい》しては面白くないですから」

「それは何も安井が触れて歩く訳じゃありませんから、金だけ出して緘黙《かんもく》を守らせれば宜いでしょう？」

「どれくらい出すんですか？」

「一万円で宜いでしょう。別に一万円の雪舟を貰っているそうですから」

「高くはないですか？」

「いや、安いです。二万三万と吹っかけられて、大きな声を出されても仕方ありません」

と私は安井女史について故人と経緯《いきさつ》があったからでもないが、こういう不始末には重税を課する必要があると思ったのだった。

令息は一万円の小切手を書いた。それを私の方へ入れて、私の名で別に書いてやってくれと頼んだ。甚だ神経的だ。

私はその晩女史を呼んで小切手を渡した。

「丸尾さん、本当に有難うございます。お蔭さまで助かります」

「お願いして置きますが、この取引はこの場ぎりで秘密にして下さいよ」

「えゝ。あなたからいたゞいたの？　これ」

と安井さんは小切手の振出人に気がついて、凝《じ》っと私の顔を見た。

「違います。令息からです。しかし社長の人格にかゝわるからと言って、私の名前にしたんです」

「オホヽヽヽ。大変な人格よ。社長さんは」

「もう亡《な》くなったんですから、保護してやるんです」

と言って、私も笑った。

「丸尾さん、私、もう一つあなたにお願いがあるわ」

「何ですか？」

「昨日お預けした雪舟」

「あゝ、忘れていました。お返しします」

「いゝえ。あれ買って頂戴よ」

「僕は要りません」

「私、持っていられませんわ。どうせ売るのよ。でも、私が持って歩くと足許を見られますから」

「真物《ほんもの》ですから、現金を持っているのも同じことですよ」

書画屋はこういうことを言う。私は鑑定眼を誇って、その真似をしたのだった。

「八千円で如何？　私が持って歩けば、どうせそんなものよ」

「持っていて、お線香でも上げることです。お好きだった荒尾社長の記念です」

「丸尾さん、ひどいわよ、あなた」

「ハッハ、、」

「社長さんとあなたじゃ、私、仕方がなかったじゃありませんか？」

「ハッハ、、」

「買って頂戴よ。私、因縁《いんねん》をつけるわよ」

「それじゃ買いましょう。八千円で宜いんですか？」

「どうぞ」

「一万円の方は私宛に一筆受取を書いて下さい」

翌朝、私は令息に事済みの報告をした。

「有難う。実は昨日家へ帰って驚いたんですよ。もう一口来ていて談判でした」

と令息は元気なく言うのだった。

「何ですか？」

「親父の人格問題です。親父の書いた手紙数通が証拠物件です。それに雪舟が一本」

「無論安井とは別問題でしょう？」

「えゝ。芸者上りです。三万円の要求ですよ。これは手紙があるから、否定出来ません」

「関係は長かったんですか？」

「三年と少しらしいです」

「それなら安井の場合と違って、貰うものは皆貫っています。その上、行きがけの駄賃を取りたいんでしょう」

「病中の母に覚《さと》られては困りますから、あやまり閉口《へいこう》して一応帰って貰いましたが、然るべき解決法を考えて下さい」

「何れゆっくり御相談申上げましょう。やっぱり雪舟を持って来たんですか」

「えゝ。父は雪舟が大好きでした」

「どういう図柄ですか？」

私は安井女史のを買い込んでいるから、何となく気になった。

「山水です。月が出ていて、雁《かり》が沢山飛んでいました」

「落雁《らくがん》の図でしょう。安井のもそうでしたよ。尺三ぐらいでしょう？」

「そうでした」

「雪舟あたりに同じ絵が二つある筈はありません」

「おかしいですな」

「帰りにお邪魔して拝見しましょう」

「相談もありますから、どうぞ」

会社の帰り社長宅へ寄って、夕食の御馳走になった。問題の絵は全く安井女史のと同じものだった。

「これは光筆版《こうひつばん》ですよ」

と私は鑑定した。

「しかし版とは見えません。やっぱり本物でしょう」

「寸分違わない本物が二つ出来る筈はありません」

「粉本《ふんぽん》が同じなら出来る勘定です」

意見が岐《わか》れて、出入りの書画屋の鑑定を煩わすことになった。電話をかけたら、番頭が駈けつけて、

一見すると直ぐに、

「何のこともありません。これは紛れもない光筆版です」

と言い切った。

「本物とはどういうところで見分けますか？」

と令息が訊いた。

「絵は表装してあるとちょっと分りません。版でやった上に手が入れてありますから、旦那衆はよく瞞《だま》されます。自分の絵の光筆版に箱書をした大家もあるくらいです」

「分らないとなると危いものですね」

「私達が見れば勘で分ります。書の場合は素人衆にも鑑別が出来ます。版は何処も万遍なく同じ濃さに行っていますが、書いたものは争われないもので、こう腹這いになって透して見ると、筆の打《ぶ》っ違《ちが》ったところが心持ち盛《も》り高《だか》になっています。鑑定法といえば、これが鑑定法です」

私はこの心許《こころもと》ない鑑定法を八千円出して覚えたことになる。安井女史は光筆版と知って私に売りつけたのではない。私が少し甘かったのである。私は綺麗な人に頼まれると、兎角無条件になる癖がある。恩顧を受けた社長への香典追加と思って諦めた。但しこの雪舟の落雁の図はその後空襲で焼けてしまったから、本物でも光筆版でも全然同じことだった。

老社長の女性弱点《じょせいじゃくてん》は一種の愛嬌になって、誰も咎めるものもなかった。あれはあゝいう人だということで、人間味がすべてを償《つぐな》って余りあったのである。棺を蓋《おお》うて事定《ことさだ》まる。死ねば大抵の罪は宥《ゆる》される。まして別に悪いことをしているのではない。惜しい人を亡くしたと言って、皆が同情してくれたのに、社長は孝心の余りに念を入れ過ぎた。

「丸尾さん、何とかして父の人格を生かす法はないでしょうか？　一般社会は兎に角、会社内だけで結構です。父の人格によって社員が裨益《ひえき》するというような方便は」

と私に相談をかけるのだった。

「雪舟が二本だけで済んだんで、満足すべきじゃないでしょうか？」

「欲が出るんですよ、子としては。兎に角、悪い人じゃなかったですから」

「無論実業家としては珍らしい立派な人です。立志伝中の人ですから、伝記を印刷して、社員に分《わか》ったらどうですか？」

「それも一案ですな。誰か文士に頼んで書かせましょう」

「松崎先生に序文を書いていたゞくと宜いです」

「一つお願いして下さい。僕はもう一方、講演会をやりたいと思うんです」

「社員に聴かせるんですか？」

「えゝ。修養講座です。父の記念事業として、続けてやったら、父の人格を生かすことになると思います」

「それは考えものですよ。社員は講演なんか喜ばないでしょう。誰がやるんですか？　講師は」

「お互で間に合わせましょう。あなたは元来教育家です。僕だって社員に話すぐらいの材料は持っています」

「さあ」

荒尾社長伝は文士が怠《なま》けて到頭お流れになったように思うが、講演会は二月ばかり続いた。若い社長と私は毎週一回社員を集めて修養講話をやったのである。一日の仕事が終った後、出席自由ということにして、夕食で釣る。餌《えさ》が好いと魚が集まると言って、鰻丼に胆吸《きもすい》を添えて出した。社員の五十パーセントが居残って傾聴《けいちょう》したが、若《も》し今日《こんにち》鰻丼と胆吸で講演をやったらどうだろう？　出席百パーセントの上に、家族の聴講の希望が多かろうと思われる。それはそうとして、社長も私もこの修養講話では好い恥をかいた。

「どうでしょうね？　社員は僕達の講話に満足しているんでしょうか？」

と社長が言った。相当満足していると思うのらしかった。

「迷惑していますよ、きっと」

と私は答えた。

「迷惑？　そんなことはあるまい」

「社員がこの会社に勤めているのは、生計のためです。精神修養のためじゃありません」

「しかし生計の安定と同時に、精神修養が出来れば一挙両得だから、満足する筈じゃあるまいか？」

「社員が果して精神修養を望んでいるでしょうか？　これは疑問ですよ」

「講話を聴きに来るところを見ると、望んでいるんだろう？」

「昨今は五十パーセントですから、五割望んでいる勘定ですが、考えようによっては、五割まで望んでいないとも言えます。半分々々です。僕はむしろ講話を聴きに来ない連中が恐ろしいと思います」

「何故？」

「社員は百人からいます。仮りに屋上へ出て相撲を取るとしたら、社長はその一人々々に勝てますか？　勝てる自信がありますか？」

「相撲じゃ勝てないよ」

「碁や将棋ではどうですか？」

「それは数の中だから、此方《こっち》よりも強いのがいる」

「謡曲だって小唄だってそうです。宴会で分ります。僕達が社員に勝てるのは、社長とか専務とかという資格でこの会社を運転している時だけです。それ以外のことなら必ず負けます。数の中には此方が学ばなければならないような有徳《ゆうとく》の士がいるかも知れません。そう思うと、僕は講壇に立っていても、気が引けます」

「ひどく良心的ですな。社員なんてものは十把《ぱ》一からげに考えれば宜いんですよ。兵隊です。此方が指導してやるんです。五十パーセントを六十パーセント七十パーセントにしようじゃありませんか？」

と社長は一生懸命だった。

そのうちに五十パーセントが四十パーセントに下った。これは自由投票が明かに講話の不必要を示したもので、もう鰻丼や胆吸《きもすい》の問題でなかった。

「丸尾さん、若手の間に決死隊が起りそうですよ」

と常務の宗像《むねかた》君が知らせてくれた。この人は社長や私よりも老輩で、講話組を頼まれたけれど、初めから反対だった。

間もなく、社長と私は、若い社員三名から面会を求められた。

「修養講話の件です。僕、スポークスマンとして申上げます。或はお耳障りかも知れませんが、多数の幸福のためですから、平に御諒察下さい」

と福原君が改まった。これは社長が特別に目をかけていた若手の一人だった。

「ふうむ。一週一回では足りないから、二回にしてくれとでも言うのかい？」

社長は葉巻をくわえて悠然としていた。若いながらも親父の仕込みで、社長学を心得ている。

「違います。やめていたゞきたいのです」

「何故？」

「理由は種々《いろいろ》ありますが、時間の浪費《ろうひ》ということに帰着します」

「時間の浪費か？　講話を聴くのが」

「はあ」

　と福原君は努力して言い切って、

「家庭で認めてもらえません。元来夜業のない会社です。今更急に夜業を言い立てゝも、本当にしてくれません。如何《いかが》わしいところへ廻る口実のように誤解されて、少くとも家庭を持っているものは皆迷惑しています」

「夜業じゃない。講話だ。修養講話があると言えば宜い」

「言ったんですけれど、信じてくれません。社長さんが修養講話なんて、と言って笑うんです。今度の社長は違うと説明しても、受けつけません」

「…………」

「専務も元は大学教授で唯の実業家とは違うのだと言ったんですけれど、皆嘘に聞えるのです。社会奉仕ということが分りません。そこでお二人とも土曜日は終夜講演だという証明をするため、私達有志は手を分けて、毎回講演後、ボロ円タクでお二人の後をつけて見ました」

「…………」

「社長はいつも銀座裏の某カフェーです。御講話をなさるのかどうかは、入って見ませんから分りません。専務は大抵高円寺の教会の隣りです」

「そんなところにカフェーがあるのかい？」

とは社長もまずいことを言ったものだ。

「いや、安井女史のところです」

と福原君は遠慮も何もない。

私は何とも言葉が出なかった。忘れもしない。そこへ女の子が現れて、

「専務さん、白金学院の松崎さんからお電話でございます」

と取次いでくれたのである。直ぐにつないでもらったら驚いた。松崎先生の訃報《ふほう》だった。

「社長、松崎先生が亡くなりました」

「それは〳〵」

「肺炎だったそうです。悪いことをしました。ちっとも知らなかったんです。これから行って参ります」

「僕もお供《とも》する。君達、専務の恩師で父の親友の松崎保之助先生が亡くなった。こうしちゃいられないから、何れ又改めてお目にかゝる」

「それはどうも御愁傷《ごしゅうしょう》でございます」

今日普通に師の恩というものは甚だ実務的である。学校に入ると、そこに教鞭を執っている先生方のお世話になる。卒業すれば、海よりも深く山よりも高い恩師が、一挙にして数十名出来る、小学校の恩師あり、中学校の恩師あり、高等学校の恩師あり、大学の恩師ありで、数百名の恩師に恵まれる勘定だ。しかし私の恩師松崎先生は、そういう種類の恩師でない。直接手を取ってはもらわなかった

が、私というものを鋳直《いなお》してくれた恩師である。

大きな恩は返せない。圧倒されるだけで、唯で勘弁してもらう。親の恩がこれだ。返そうとしても返せるものでない。皆好い加減なところで順送りということにしている。私が松崎先生から受けた恩もこれに近い。返せる性質のものでない。

白金へ駈けつけた私は、先生の遺骸に取り縋《すが》って泣いた。老社長の葬儀の時お目にかゝったのが永《えい》訣《けつ》となってしまった。普段は毎月のように訪れたのに、修養講話が忙しくて、つい無精《ぶしよう》を極めたのだった。突如肺炎を発して、二三日患ったばかりだという。夫人の伝えるところによると、先生は息を引き取る少し前に、

「大事業だ。皆来い」

と叫ぶように言ったそうだ。最後まで日本教化が頭の中にあったのである。日本全体を基督教化する大事業だ。皆来て一緒にやれという意味に外ならない。

社長も私も、晩にお通夜に伺うことにして引き取った。再び自動車に納まった時、

「やっぱり豪い先生ですね」

と社長が言った。

「えゝ」

「大事業だ。皆来い。ちょっと言えませんよ、これは」

「えゝ。言えませんな」

「先生に較《くら》べると、僕達は憐れなものですよ。折角発心して修養講話をすれば、資格の有無が問題になるんですから」

「講話はもうやめましょう。この上誤解を招くといけません」

「猫に小判です。自然消滅にしましょう」

## 鳥の足

吉田君と私は競争は何もないのだが、羨みっこなしに尾鰭《おひれ》がついた。私が重役になると間もなく、吉田君も漕ぎつけたのだった。それから十年たって、社長のお鉢も殆んど同時に二人の頭の上に廻って来た。

五十二になっても、私は相変らず独身で無系累《むけいるい》だ。不自由だろうと皆言ってくれるけれど、手が揃っているから、何のこともない。自分一人の生活は他から掣肘《せいちゅう》を受けないので、すべてが思い通りに行く。家庭を持って女房子供に繋《つな》がれている人よりも明かに能率的だ。これは兵隊を考えて見ると分る。要するに私は兵隊のような社長だった。兵隊はよく働く。働くばかりで楽しみがない。それでそういう生活が長く続いていると、習《なら》い性《せい》になって、何とも感じないのだった。

独身者も三十代だと劬《いたわ》ってもらえるが、五十を越すと、誰ももう相手にしてくれない。あれはあゝいうものとして見放してしまう。平社員だったら、変物扱いにされるのだろうけれど、社長だから、一種の名物として認められる。独身社長という異称がついた。

「社長さんは実にお若いですな。本当のところは一体お幾つですか？」

と皆が訊いてくれる。

「嘘も本当もない。五十二だよ」

「はゝあ。四十そこ〳〵に見えます」

「褒めても、おごらないよ」

「いや、本当です」

若いと言われて嬉しがるようでは、もう年を取っているのだ。人生五十、何と言っても相場《そうば》は定《きま》っている。その五十を越しても、自分だけは例外だと思った。唯々友人の変り方が目につく。健康が又若いという錯覚を扶ける。弱い奴は脆《もろ》い。修養講話の相棒だった旧の社長は私より三つ四つ年下でいながら、悉皆《すっかり》禿げてしまった。

「丸尾君、君は何か特別の養生法があるんだろう？」

と羨《うらや》ましがった。

私は松崎先生に頼まれて、学院の同窓を数名社員に採用していた。就中《なかんずく》、薩州鹿児島の伊東君は庶務課長だった。この男は幾つになっても、学生気質を脱しない。重役の私を捉えて、

「おい。丸尾、お前は」

と言う。社長になっても、一向に敬意を表してくれない。上級生だったから、今でも先輩の積りでいる。年も二つ三つ多い。

「おい。丸尾、社長になったお前に折り入って頼みがある」

「何だい？」

「なるだけ月給を上げてくれ」

「よし〳〵」

「その代り、お前のためには犬馬《けんば》の労《ろう》を取るよ。上が下になっても、下が上になっても、時世時節《ときよじせつ》で仕方がない」

伊東君は元来変っている。失業していたところを私が採用してやったのに、こういうことを平気で言う。その代り忠実だ。私の為めには腕力沙汰にも及び兼ねない。

「おい。丸尾、女房とも相談したんだが、お前に一つ頼みがある。娘をお前のタイピストに使ってくれないか？」

という申入れがあったのは、私が社長になってから一年ぐらいのことだったろう。

「そんなに大きい娘さんがあるのか？」

「あるとも。女子大学を出て遊んでいる。お前驚くよ。きっと」

「どうして？」

「おれの娘とも思えない美人だ。何かの間違いで生れたのらしい。頭も好いんだ。嫁に行くまで使ってくれ」

私は荒尾社長の用心以来、レッテルの悪いタイピストが伝統になっていた。重役時代から数名代ったが、殆んど印象が残っていないほど、平凡なのが続いた。現職のミス・プレーンが家庭の都合で辞意を洩らしていたから、伊東君の長女美智子《みちこ》さんを直ぐに採用することが出来た。そうして伊東君の期待通りに驚いた。美智子さんは日本では滅多に見られないようなブロンド美人の典型だったのである。

外国の社長には執務の余暇、美しいタイピストを膝に坐らせて楽しむのが多い。私は秘書が目を見張っているから、それはやらなかったが、外出の折はしばしばお供を仰せつけた。秘書に代ってカバン持ちを勤めさせる。

「ついて来て下さい。老体だから間違いがあるといけない」

と言う。若がっていても、都合によっては老体を主張する。

自動車の中でよく話した。ミス・ジェーンに似ているから、アメリカ留学時代の心持を再現することが出来た。社長は忙しいけれど、自由が利く。江の島、鎌倉、大宮公園、土浦、水戸あたりまで社用ドライブを命じる。

「美智子さん、あなたのお父さんには困りますよ」

と私は或日思いついて自動車の中で問題に触れた。

「何故でございますか？」

「僕とは学校友達で、一二級上だったものですから、今でも僕を後輩扱いにして、『おい、丸尾、お前は』と言うんです」

「まあ！」

「二人きりの時は構いませんが、余所《よそ》の社長や重役がお客に来ている時、『おい、丸尾、お前は』とやられると、甚だ具合が悪いんです」

「父は少し常識が足りない方ですから」

「これは一つあなたから御注意下さい。それとなく」

「はあ。承知致しました」

「私がそう要求したと仰有っちゃ困りますが、丸尾君、君ぐらいのところにして貰えれば結構です」

「気のつかない人で、何とも申訳ございません」

頭の好い美智子さんの工作《こうさく》は覿面《てきめん》だった。伊東君は言葉遣いを改めてくれた。丸尾さん、社長さん、あなたはと呼ぶようになった。

「美智子さん」

「はあ」

「お蔭でお父さんが敬意を表してくれますよ。有難う」

「どう致しまして。私、母に申しましたの、自分で聞いていていてハラ〳〵しますって。それを母から話したんでございましょう」

「お父さんは天真爛漫です。好い人です」

「好いばかりの人ですわ」

「薩州鹿児島をやりますか？　ソモ〳〵身共は……」

「やりますわ。まあ、恥かしい」

この美しいタイピストは半年ばかりで映画会社へ引きぬかれた。女優になったのである。後へ又綺麗な人が来て色彩を添えてくれたけれど、一年足らずで社員と結婚してしまった。それからは、以前平凡なのばかりが続いたのに打って変って、私のタイピストといえば必ず美人だった。綺麗だから売れが早い。私は十数名の美人タイピストに侍《はべ》られて、艶福《えんぷく》を羨《うらや》まれた。タイピストを膝に乗せる欧米の習慣がもうソロ〳〵入って来ていたのである。

「社長さん、あなたの顔を見ていて、学院で習った面白い英語を一つ思い出しましたよ」

と或日天真爛漫居士の伊東君が言った。

「何だね？　一体」

「Crow's foot《クロウズフット》です。烏の足です」

「烏の足？　何だったろう？」

「目尻の皺です。年が寄ると寄って来る奴です」

「そんなものが僕の顔に寄っているのかい？」

「寄っていますよ」

「何だ？　君こそ寄っている。成程、鳥の足だね。鮮かに寄っている」

「社長こそ寄っています。自分のは分らないものです」

「そうかなあ？」

と私は指先で探って見た。

「Grey《グレイ》ですよ、頭の毛も。これを思い出したんです。灰色なんて毛の色はないと思っていたんですが、白と黒のゴマ塩で丁度灰色になります」

「鬢《びん》には多少来ている」

「額も大分広くなっています」

「その通りだよ。君は」

「いや、社長のことです」

「自分のことは分らないと見える」

「それはお互でしょう。自分だけ特別だと思っているから生きていられるんです」

「君、僕はそんなに年寄に見えるのかい？」

「お若い〳〵と皆が言うけれど、あれはお世辞です。僕は少年時代から知っているから確かです」

「少年時代と比較されちゃ敵《かな》わないよ」

「それにしてもです」

「自分が老い込んだものだから、同罪にしようってんだな」

「伺いますが、社長はタイピストの手を握ることがあるでしょう?」

「それはあるよ」

「逃げますか? タイピストは」

「いや、安心している」

「それが何よりの証拠です。若い女が安心するようなら、もう立派な年寄です」

「君はどうだ? 君は」

「僕のところは妻《さい》まで安心しています。もうとても駄目です」

と薩州鹿児島も意気が揚がらなかった。

# 死神の鎌

西洋の人の想像によると、死神《しにがみ》は黒衣を纏った骸骨だ。薙刀《なぎなた》のように長い柄《え》のついた鎌を横たえている。大身《おおみ》の槍というが、これは大身の鎌であろう。刃渡《はわた》り頗る長大だ。この鎌で刈り取られるものが死ぬ。

目尻に烏の足を認識する前後から、私は頓《とみ》に死神の威力を感じ始めた。黒枠の通知を受けることが頻繁で、年々歳々人同じからずの歎が深くなった。先輩がそれからそれと死んだ。その代表は荒尾社長と松崎院長だった。同輩にも不幸が多かった。人生五十を越すと、特別に大丈夫でない限り、身体がどこか陽気《ようき》を食っている。ヒヾが入っているから、少しの無理も祟《たた》って、忽ち刈り取られてしまうらしい。

身内では恒《つね》二郎《ろう》兄貴が一番先だった。私はこの兄貴に負うところが多い。兄貴も力瘤を入れただけに、私がどうにかなったのを自分のことのように喜んでいた。

「善三郎、学校で苛《いじ》めるものがあったら、直ぐに教えろよ。おれが行って泣かせて来てやるから」

と言って、何時間かゝっても目的を達して来る兄貴だった。

そこで私は、一生の宿題になった光子さんとのことも若《も》し兄貴の裁量に任せたら、恐らくあゝいう行き違いが起らないで済んだろうかとも時々思う。しかしその場合、私はどう考えても中学校の先生で終っている。一生田舎で暮して、もう疾《と》うに恩給だ。郷里《くに》へ帰って、家中新町《かちゆうしんまち》あたりに細く暮らしているのだろう。猫の額ほどの庭に野菜を作って、「心の歴史」どころでなかったかも知れない。

さて、恒二郎兄貴だ。この兄貴の評価《ひようか》は徳人の一語で尽きる。村小町《むらこまち》に見初められて、養子に行って、夫婦円満子孫繁昌、何の言うところもない。早く頭の禿げたのが不足ぐらいのものだったろう。酔っ払ってお客さんの髪を鋏み切るくらいだから、平常《いつも》も気にしている。顔が合って挨拶が済むと、

「時にどうだい？　ひどくなったろう？」

と訊く。頭のことゝ分っているから、

「一向変らないよ」

と答えてやる。

「そうかな？」

「この前会った時と同じことだ」

「お世辞にもそう言ってもらうと気が強い。実はこの間、保険会社の若いものを呶鳴りつけてやったんだ」

兄貴はその都度、何か自分の頭に関する挿話《そうわ》を持っている。

「どうしたんだね？」

「帽子を被《かぶ》らないで、鞄だけ持って来る。恰好が悪い。紳士の作法を知らない」

「いや、東京でも若い社員は皆それだよ。帽子を被らないのが一種の流行《はやり》だ」

「おれはそれが気に入らない。毛があるからって、そう自慢することもなかろう。毛のないものへ面《つら》当《あ》てかって訊いてやった」

「それは少し僻《ひが》みじゃないかな？」

「癪に障る」

「ハッハ、、」

成程、この鬱憤《うっぷん》が酒の力を借りると、客人の頭が危機に瀕《ひん》するのだと私は思った。

「野郎、おっちょこちょいで、折角のものを匿して歩く必要もないでしょうと吐《ぬ》かしたから、毛が自慢なら犬や猫はどうだ？　体中生えているぞと言ってくれた」

「相変らずだな、兄さんは」

「兎に角、おれのところでは帽子を被って来ないものには保険料を払わないと言って、追い返してやった」

と事まだ新しかったと見えて、興奮して話すのだった。

こういう詰まらないことを書き立てるのも、恒二郎兄貴は私が最後に会った時も禿頭《とくとう》の問題に触れていて、その最中に死神の鎌の第一振に引っかゝったからである。どうだと訊いたから、変っていないと答えたら、喜んで、

「お前も変っていない」

と言った。

「いや、若いつもりでいても、もう駄目だ。この間鳥の足を発見した」

「鳥の足とは」

「これだ」

と私は指さして示した。

「目皺《めじわ》か？　それぐらいは仕方がない。若いよ、お前は」

「兄さんも若いよ。頭だけだ、老《ふ》けているのは」

「おれもそのつもりだ。他《ほか》のところは些っとも変っていない。本家《ほんけ》だって頭だけだ。損だよ、家《うち》は」

「親譲りかな。兄さん達は」

「本家と同年だけれど、相良正信《さがらまさのぶ》はひどくなったよ。この間市《まち》で会って驚いた。それこそ烏の足だ。翁《おきな》の面《めん》のように皺だらけになっている」

「老《ふ》けたな、あの人は」

「禿げていない代り真白だ。もう何年前になるだろう？」

「何が？」

「相良正信、思い知れ、さ」

「ハッハ、、、」

「そう〳〵、光子さんが弱っているそうだよ。おれはもう何年にも会ったことがないが、お前は帰る度に寄るのかい？」

「寄るには寄る」

「覚《さ》むれば一場の夢か？　しかしお前には却って薬だったろう。光子さんをもらえば小成に安んじたろうから」

「小成も大成もないよ」

と私は逃げた。もうどっちでも宜い。考えたところで今更何ともなることでない。

山里《やまざと》へ行けば必ず泊り込む。晩に又一杯やりながら話した。嫂が下にも置かないようにして接待してくれる。

「おれはこの間面白いことを考えたんだよ。お前は昔の人が五十になると大急ぎで隠居をした訳を知っているか？」

「それは一生五十と相場が定《きま》っていたからだろう」

「それもあるけれど、もう一つ、昔はチョン髷だったからだと思う。禿《は》げれば結《ゆ》えない。チョン髷時代にチョン髷が結えなくなったら、悲惨なものだろう。人並のことが出来ないんだから、もうお仕舞いって気になるに相違ない」

と兄貴は又頭の話だった。

「成程ね。殿様の前へも出られない」

「そこさ。忠義が尽せないから、気の早いのは切腹する」

「まさか」

「侍《さむらい》が忠義を尽せなかったら、もう隠居の外はない。寺に入《はい》って坊主になるのを出家《しゆつけ》といい、在家《ざいけ》のまゝ剃髪染衣《ていはつせんえ》するものを入道《にゆうどう》という とある。入道には禿げ序《ついで》に剃《そ》ってしまうのが相当多かったろうと思う。禿げたのは全然使い道がないんだから」

「そこへ行くと有難い世の中だね。六十七十で駝鳥の卵のようなのにも社長や重役が勤まるんだから」

「ハッハヽヽ」

「ところで、兄さん、僕は今度は相談があってやって来たんだよ。兄さんは賛成してくれるだろうか？　反対だろうか？」

「…………」

「実は仲間から推されて、代議士に打って出ようと思うんだが……」

「…………」

「兄さん、どうした？」

私は気がついて、兄貴を支《ささ》えた。兄貴はのめり気味になって、目を見張っていたのだった。

「どうなさいましたの？」

と嫂が抱きかゝえた。

兄貴はもう口がきけなかった。村医が駈けつけて、脳溢血と診断した。市《まち》から博士を呼んだけれど、何とも処置がない。昏睡が一夜続いて、翌朝息を引き取った。私は立候補について郷党の援助を求めに帰ったのだが、恒二郎兄貴の死目に会いに行ったようなものだった。

落選一回、当選二回、追放該当、以上が私の政治的経歴で、これも愚挙だけれど、「心の歴史」に関係のないことだから、詳細は一切伏せて置く。それよりも死神の鎌だ。恒二郎兄貴の葬式を済ませて帰京すると間もなく、長兄から電報が着いた。

「サガラノミツコシス。コウスケ」

それから二年置いて、春代さんが刈り取られた。これは子宮癌で、一度は手術が功を奏したが、一年ばかりで再発した。この上は日本一の外科医にかゝって勝負を定《き》めたいという本人の希望で、東京へ出て来て、聖ルカ病院で手術を受けた。医者は、狙撃《そげき》された総理大臣の一命を救った博士だった。

しかし病勢が昂進していて、何とも仕方なく、痛み続けて亡くなった。

## 因果はめぐる

春代さんの不幸な入院中、吉田君のところは一家挙《こぞ》って上京していたから、私は清方描くの蝶子さんと旧交を温める機会があった。蝶子さんは例の豊造君と蘆屋に世帯を持っていた。子供が二人あるから、もうすべてが解消しているのかと思ったら、そうでなかった。

「善三郎君、僕のところはもう駄目だよ。春代がなくなれば、後はどんな風にひっくり返るかも知れない」

と言って、吉田君が打ち明け話をした。

「もう十年、いや、十年を越しているじゃないか？」

と私は田端以来を数えて見た。

「豊一郎が十だもの」

「子供が二人もあるのに何うしたものだろうな？」

「絶対に厭だと言っている。或は別れる方がお互のために幸福だろうかとも思うんだけれど、豊造の方が惚れていて離れない」

「そんなに嫌われていて、馬鹿だな」

「大馬鹿だよ」

と吉田君も吐き出すように言った。豊造君も可哀そうだけれど、仕方がない。嫌われているのに身を引かなかったのが馬鹿だ。無理に連れ添ったのも感心しないが、十年の今日、依然として嫌われているようでは、男の風上《かざかみ》に置けない。

「僕、一つ話してやろうか？　本人のためにもならないよ」

「しかし子供もあるし、今更籍を抜くと、暗闇《くらやみ》の恥をわざわざ明るみへさらけ出すようなものだから」

「それもあるだろうな。郷里《くに》はうるさい」

「嫌っていることは分っていたんだが、それほどとは思わなかった。やっぱり君の言うことを聞いて置くと宜《よ》かったんだ」

「僕は何も言いはしない。蝶子さんから話を聞いたばかりだ」

「別に行きたいところがあったんだね」

「うむ。それを今更言っても仕方がない」

「嫁にやったり婿を取ったり、世間を見ると簡単だけれど、僕のところだけどうしてこんなに複雑なんだろうな？」

「それは君と春代さんの責任だ。蝶よ花よで、我儘娘に育て上げている」

「参った。それが確かにある」

「いや、そう直ぐ肯定《こうてい》されても困る。運命だよ、これは」

「運命？」

「うむ。因果という方が宜いかも知れない」

「何の因果だ？」

「気を悪くしなければ話すが、どうだ？」

と私は念を押した。

「遠慮には及ばない」

「君達は承知ずくで、僕を光子《みつこ》さんから遮《さえぎ》った。その娘が又添いたい人から遮られて一生煩悶する。そこに何か意味があるんじゃなかろうか？」

「…………」

「光子さんはもう死んだが、何かにつけてあの人を思い出す僕の一生も楽なものじゃなかったよ」

「それは察している」

「唯じゃない。そんなに頑強に嫌う筈はないと思うんだ」

「やっぱり因果だと言うのか？」

「同じ頭の二人が似寄った問題を相談すると仮定して見給え。一度でも二度でも同じ過失《かしつ》をくりかえす因果もあれば運命もあるだろう」

「何かの因果だろうよ。春代はもう絶望、蝶子の家庭はぶちこわれるに定《きま》っているんだから」

と言って、吉田君は怺《こら》え切れないように髪の毛を摑んでいた。

春代さんは鎮痛剤の利いている間は比較的元気だった。知り合いの多い大阪と違って、東京は旅の空だ。顔を見せると喜ぶから、私は毎日のように見舞った。

「善三郎さん、こうやって話をしても、そのうちにもうお別れね」

と覚悟をしているには困った。直ると言えば噓になる。

「力を落しちゃ駄目ですよ」

と言うぐらいしか激励の言葉が出ない。

「善三郎さん、蝶子はあなたと話すのが一番楽しみだって言っていますよ」

「僕も蝶子さんと話していると、我を忘れます」

「可愛がってやって下さいね」

「えゝ」

「先々も面倒を見てやってね」

「えゝ」

「…………」

「吉田はどうせ後《あと》をもらいますから」

「蝶子が可哀そうで、私……」

「少しお休みなさい。興奮するといけません」

「私が弱かったのよ。厭なら厭で断っても宜かったのに、余り長くなったものだから、義理に絡《から》んでしまったのよ。吉田の方の親類の手前もあるでしょう。兎に角、一遍は一緒にして、豊造の顔を立てゝ……」

「そんなに話して宜いんですか？」

「大丈夫よ。善三郎さん、もっと此方《こっち》へ寄って頂戴」

「こうですか？」

「えゝ。その方が話し宜いわ。少し向きを変えても響くんですから」

「後で障るといけませんよ」

「どこまで話したの？　あゝ、そう。どうしても厭なら、後から別れるってことに言い含めて式を挙げたんですよ。すると気が早いわ。直ぐに妊娠してしまったじゃありませんか？」

「それじゃ全然和合しないこともないんでしょうに」

「いゝえ。憤《おこ》って〳〵困ったわ。二人目が生れた後は、もう厭だと言って、手術を受けてしまいましたの。妊娠しない手術を」

「そうですか？　やっぱり」

「豊造も馬鹿ですよ。あんなに嫌われて」

「気がつかないんでしょうか？」

「ツケ〳〵言われていて、百も承知の筈ですけれど、人柄が好いんですわね。今に何とかなると思っているんでしょう」

「不幸ですな、お互に」

「豊造は心柄で仕方ないけれど、私、蝶子が可哀そうで可哀そうで」

と言って、春代さんは泣くのだった。

蝶子さんは子供二人を豊造君と女中に委せて来ていた。私は大阪へ行く度に吉田君のところを訪れたが、蝶子さんは蘆屋だから、つい寄ったこともなく、十年ぐらい顔が合わなかったのだった。

「子供達が淋しがりはしない？」

と私は訊いて見た。

「いゝえ。私は始終家《うち》を外にして遊んで歩くから、平気よ、二人とも」

「我儘奥さんだね」

「えゝ。蘆屋マダムの標本でしょう」

「煙草をすうんですか？」

「いつの間にか覚えてしまったのよ。叔父さんは相変らず葉巻？」

「両方です」

「ターキッシュ？　先《せん》もそうでしたわね。田端を思い出しますわ」

「十年一昔、蝶子さんは少しも変りませんね」

「まだ変る年でもないでしょう。叔父さんも旧《もと》のまゝよ」

　というような遣り取りから、間もなく十年前の気軽さに戻った。

「叔父さん」

「何ですか？」

「私、ダン〳〵似て来たでしょう？」

「誰に？」

「オホヽヽヽ」

「清方描くにですか？」

「えゝ」

「今や亡《な》しです」

「あら、図々しいわ」

「ハッハヽヽ」

「お母さんも間もなく後を追うんだと思うと、私、暗くなりますわ」

「困りましたね、これは」

　或時、春代さんの枕頭で、

「叔父さん、新派の小森がこゝに入院しているのよ」

　と蝶子さんが言った。

「そうですか？　どこが悪いんでしょう？」

「腎臓炎ですって。前からいたのを今日発見しましたの」

「一つ見舞ってやるかな？」

「叔父さんは御存じ？」

「元の社長が新派を贔屓《ひいき》にしていましたから、皆知っています」

「この上の部屋よ、小森は」

「行って見ましょう。蝶子さんも伺う？」

「お供させて戴きますわ」

春代さんが聞いていて、

「蝶子や、叔父さんの二号さんと間違えてもらえますよ」

と言ったのである。これはどういう意味か未だに分らない。

以来蝶子さんと私の間に芝居が話題になった。家を外にと言うだけあって、新旧を問わず、月々の芝居を大抵見ている。

「叔父さん、私、新派では青柳《あおやぎ》が一番好きよ」

と蝶子さんが言い出した。

「青柳ですか？　少しにやけていやしませんか？」

「私、何よりもあの人の声が好きなの。科白《せりふ》を聞いていると、うっとりしてしまいますわ」

「声は好いですね」

「いつか御紹介して戴けません？」

「蘆屋マダムを役者になんか紹介して、間違が起ると大変ですよ」

「間違を起したいのよ、私」

「何故ですか？」

「詰《つ》まらないんですもの」

十年ぶりで会った私は、蝶子さんに於て、捨て鉢になっている三十女を見出した。

## 不如意な自適生活

その愚《ぐ》や及ぶべからずというのは政治界へ進出した私だろう。私は或る程度まで文学者の天分を持って生れて来た。哲学を専攻してもよかったのだった。老境に入った今日でも、そう思っている。然るに身の誤りで学校の教師から実業界へ転落しなければならない廻《まわ》り合せになった。それだけならまだ〳〵無難だったろうに、現役の晩年を政治に関係したのである。

義理もあったが、欲もあった。人生が分ったつもりだったが、分っていなかった。国家が邪道を辿り始めたことに気がついたものゝ、うまく行けば濡れ手で粟だと思った。皆心の奥底に潜《ひそ》む泥棒根性に祟られたのである。今から考えると、日本瓦解《がかい》の道筋がハッキリ分るけれど、後から目が見えても、何にもならない。

追放は私に取って天の配剤《はいざい》だった。否応《いやおう》なしに悠々自適《ゆうゆうじてき》の生活に入って、読書三昧に日を送る。無事是貴人。Sweet Doing Nothing が楽める。経験が物を言って、一挙手一投足の労で後進を裨益《ひえき》することができる。申分ない生活だと思っていたら、突如ひどく不如意《ふにょい》を感じさせられた。

清方描くの蝶子さんが金百二十万円の融通《ゆうずう》を頼んで来たのである。春代さんが刈り取られてからもう十年、吉田君も今は亡《な》い。蝶子さんは嫌いぬいた豊造君と最近別れた。それを知らせながらの手紙だった。

吉田君は相当残した筈だけれど、持っているものが何にもならない昨今の世の中だから、後をついだ蝶子さんの内容が同じ境遇の私にはよく察しられる。稼ぎ人を離婚した蝶子さんは喫茶店を始めたいという。もう四十三だけれど、自信が強い。

「私がマダムよ。その上に綺麗な若い子を使えば、お客さんはいくらでも来ます。丁度好《い》い店の売物があって、百八十万円です。六十万円は手許で都合がつきます。百二十万円御融通下さい。叔父さんのお力なら何とかなるでしょう。場所は道頓堀の近くですから、大阪も目貫きのところよ。充分見込が立っています」

というのだった。

私達は差当り物価を昔の百倍に勘定する。昔の一円は今の百円だ。今の百円は昔の一円だ。百二十万円は昔の一万二千円にしか当らない。安井女史の雪舟が一万円だった。昔の一万二千円なら右から左へ融通ができたのだが、さて、それと同じ購買力の百二十万円は現在の私の手に余る。余るどころでない。全然問題にならないと思うと、追放の身が恨めしくなる。

「何かやっていればなあ。唯《たつた》一万二千円だ。何でもないんだけれど」

私には蝶子さんの力になってやらなければならない義理がある。それを思い出して蝶子さんは縋《すが》って来たのだった。一日考えたが、見込が立たない。返事を書き始めたけれど、面倒になって、電報を思い立った。悔みなぞは書き悪《にく》いから、電報で間に合わせると、面倒が省ける上にかえって印象が強くなる。

「ムカシトチガイ、ツイホウノミ、オモウニマカセヌ、ゴリヨウサツコウ、ゼン」

と私は認《したた》めた。電報なら急ぐこともない。アベコベだ。

僅か一万二千円がどうにもならない。変り果てた境涯を歎きながら火鉢に凭《よ》りかゝって、煙草をふかしていたら、清が入って来て、

「叔父さん、蝶子さんが何を言って来たんですか？」

と訊いた。

「一万二千円」

私は口のうちに金額が浮んでいた。

「一万二千円が思うに委せないんですか？」

清は伸び上って、机の上を見た。

「又闖入《ちんにゅう》したな？」

「いや、違います。先刻御報告ながら伺った時、お留守だったから拝見したんです」

「電報をかい？」

「えゝ。一万二千円なら、僕が何とかしますよ」

「ところが昔の一万二千円さ。百二十万円だよ。何とかしてくれるか？　おう。お前は銀行に勤めているんだったな」

「厳《きび》しいですな」

「つい忘れていたんだ」

「叔父さん、僕も旧阿蒙《きゅうあもう》じゃありませんよ。常務になりました」

「ふうむ。それは〳〵。いつ？」

「今日です。それで先刻《さっき》報告に上ったんです」

「芽出度い〳〵。いや、勤めるからには幹部にならなければいけない。宜かった〳〵」

と私は心から祝した。栄進の嬉しさは身に覚えがある。

「ようやく人並みです」

「蝶子さんと同じだったら四十三だな。俺《わし》も丁度その頃常務になった。これからだ。大いにやれ」

「叔父さんが昔の通りですと、引き立てゝもらえるんですけれど」

「一万二千円に困っているんだから」

「百二十万円、何に要るんですか？　蝶子さんは」

「喫茶店を開業するんだそうだ。到頭豊造君を離別したよ」

「へゝえ」

「気の毒な一生だ」

「我儘な一生です。叔父さんは駄目ですよ」

「何故？」

「光子叔母さんに似ているから無条件でしょうが、僕はあんな女、大嫌いです。虫がついていますよ」

「さあ」

「唯ってことはありません」

「事情はあるだろうさ。あれだけ嫌うところを見ると」

「少しどうかしているんじゃないでしょうか？　初めから」

と清は正気を疑っていた。

「極端な我儘娘さ。春代さんの教育が悪かった。自信も強過ぎる」

「叔父さんも責任がありますよ。清方描くなんて言って煽てゝいるんですから」

「仕方がないね、すっかり読んでしまって」

と苦情を言うものゝ、私はやっぱり素人創作家だ。傍で読んでくれるものがあると励まされる。

「叔父さんは湯の沢の三国屋《ごくや》の娘を御覧になったことありませんか？」

「ないよ」

「美人ですよ。蝶子さんにも光子叔母さんにも似ていますが、時々気が変になるんです。お婿さんは僕の昔の同級生ですが、もう疾《と》うに逃げ出しました。精神異常も時代の思想を反映するものと見えて、昨今は天皇が自分の愛人だと言っているそうです」

「天皇解放か？」

「一平民になって来れば結婚してやるけれど、天皇は頭が古いから、それだけの決心がつかないと言っているそうです」

「これは豪い。その辺の学校の先生よりも言うことが正気じゃないか」

「三国屋ですよ、蝶子さんのタイプは。あのタイプの美人には誇大妄想《こだいもうそう》があるんじゃないでしょうか？」

「さあ」

「結局幸福になれない運命でしょう。光子叔母さんにも実によく似ています」

「今度行って見る」

「御熱心ですな」

「気が変でも店にいるのかい？」

「新館の方にいます。狂人《きちがい》ってほどでもありませんから、丁度お話が合うかも知れません」

「この野郎！」

「ハッハ、、、」

## 最後の愚挙

春代さんの一周忌は覚えがないが、三周忌に私は社用を兼ねて大阪へ出かけた。因《ちな》みに吉田君は春代さんの予言にも拘らず、残る一生を鰥《おとこやもめ》男で通したのは感心だった。しかしそのために早く死んだとも考えられる。ある晩床の中で脳溢血を発したまゝ、翌朝もう冷くなっていたのである。女中や婆やは階下にいたからちっとも知らなかったのだという。吉田君の後を走って、長兄幸介、即ち清の父が肺炎でやられた。死神の鎌は相変らず忙しい。

三周忌ともなると、もう涙が乾く。お寺で法要を行った後、料亭で陽気に騒いだ。賑かな人だったから、賑かな方がよかろうということだった。来会者が一人々々隠し芸を出した。蝶子さんが仕舞をやり、吉田君がおばこ節を歌った。

「これをやると春代はいつも憤《おこ》るんだった」

と吉田君が言った。

私はいつもの通り堂ビル・ホテルに泊っていた。法要を済ませてから社用に取りかゝって、二三日逗留した。蝶子さんが蘆屋から電話をかけて、出発の日時を尋ねた。答えたら自分も東京に行くから一緒に立ちたいというのだった。

駅で待ち合せて、朝の急行に乗った。

「蝶子さんは東京に何の用があるの？」

「遊びよ」

「呑気ですね」

「踊りのお師匠さんが日本橋倶楽部で会をするんで、応援の意味もあるわ」

「あなたも出るの？」

「それほど向う見ずでもないのよ」

「案外判断力がありますね」

「叔父さんは直ぐね」

「何が？」

「オホヽ」

「東京の宿はお師匠さんと一緒ですか？」

「いゝえ。山王ホテルを取ろうと思ったんですけれど、満員ですって。それで叔父さんを捉えたのよ。部屋が明くまで叔父さんのところへ置いてもらおうと思って」

「ずっといてもいゝですよ。お構いはしませんけれど」

「そうお願いするかも知れないわ」

「しかし困ったな。僕は旅塵《りょじん》を洗って帰るため、沼津で乗り換えて、湯河原で下りる予定になっているんです。宜い、宜い、湯河原はやめよう。電報を打って」

「私も泊るわ、湯河原へ」

「後《おく》れても宜いんですか？」

「えゝ」

「それじゃそうしましょうか？」

車窓の二人は田端時代に戻った。以来春代さんの看病で度々顔が合ったけれど、悩む人の枕頭ではそう寛《くつ》ろげなかった。今し差し向いの十時間、話す外に何も仕事がないのだった。私達は文学を語り続けた。

湯河原は中西が私の定宿《じょうやど》だった。家に誰が待っているでもないから、関西の帰りはいつも一晩泊る習慣になっていた。

「山があって川があって、温海《あつみ》に似ているところね」

と蝶子さんが自動車の中で言った。温海は郷里《くに》の温泉だ。

「そのためか、大阪の帰りにいつも寄るんですが、清方描くと一緒に来るとは思いませんでした」

「厭《いや》ね、叔父さんは」

「何故？」

「直ぐに叔母さんを思い出すんですもの」

「そうじゃないですよ」

「そうよ。分っているわ」

「つまらない」

湯に入って食事をした後、散歩に出た。

「叔父さん」

「何ですか？」

「私、お話が山ほどつもっているのよ。それが叔父さんでなければ分って戴けないお話ばかりよ」

「後からゆっくり承わりましょう」

「嬉しいわ」

「同じ舟に乗った二人です」

「そうね」

秋だった。九月九日望郷台。この句のために、私は春代さんの命日を覚えている。私達は話し込んだ。蝶子さんは徹頭徹尾現在の家庭生活に満足していない。

「私、豊造が死ねば宜いと思うわ」

「極端ですな」

「誰か好きな人でもできれば宜いと思いますの」

「そんな精神状態になっているんですか？」

と私は呆《あき》れた。

「厭で〳〵、いても立ってもいられなくなります。そういう時は出て歩くのよ。今度だってそうだわ」

「仕方がないんですな」

「叔父さんは豊造を素直だの謙遜だのと仰しゃるけれど、どうして〳〵、図々しいのよ、とても。無理にと結婚してしまえば後はどうにかなると思ったところが憎らしいわ。男って、皆そんなものでしょうか？」

「さあ」

「私、絶対に厭。終始一貫だから辛いわ。叔父さん、辛かったわ」

と蝶子さんは私の膝に縋《すが》って泣くのだった。

「自己暗示が入っているんじゃないですか？　あなたは敏感だから」

「どういう意味？」

「親の定《き》めた聟養子でなくて、偶然降って湧いた縁談だったらどうです？　別に故障のない人ですから、あなたはきっと満足していますよ」

「同情がないのね、叔父さんも。そんな単純なことを仰しゃって」

「人間はそう甲乙のあるものじゃありません。甲の男と乙の男は大同小異です。逃がした鳥が好く見えるんですから、そこを悟らなければいけません」

「それなら女だって同じことよ。叔父さんはそんなことの言えた義理ですか？　光子叔母さんに失恋して一生独身でいらっしゃるじゃありませんか？」

「そのためばかりでもないいんです」

「嘘を仰しゃっても駄目よ。私、すっかり知っているんですから」

「参ったな、これは、お説法が利《き》かない」

「お父さんもお母さんも無理よ。初めからそう仰しゃって下されば、その気になったかも知れませんが、まるで陰謀《プロット》でしたからね。豊造が郷里から出て来て玄関番になった時、私は唯の書生だと思いました。豊造々々って、お父さんもお母さんも呼んでいたんですから、そう思うのが当り前でしょう」

「それが悪かったたって、お父さんも言っていました。豊造君には予《あらかじ》め言い含めてあったんでしょうね」

「無論よ。そういう条件でもらって来たんですから」

「あなたは子供だったから話しても分らないと思ったんでしょう」

「それはそうでしょうけれど、それじゃ皆寄って群《たか》って私一人を陥れると同じ仕掛《しかけ》ですわ。そうして置いて、いきなりこれがお前のお婿さんですよって押しつけたんですから」

「しかし世間にはよくある例ですよ。それで大抵納まって行くんですから」

「私は納まりませんわ」

「納まらなければ損です」

「損徳の問題じゃないでしょう」

「それはそうですけれど」

私は幾ら努《つと》めても、蝶子さんを慰めることができなかった。内兜《うちかぶと》を見すかされているから、大きなことが言えない。

「お母さんって、ひどい人ね。叔父さんも同難《どうなん》よ」

「僕も恨みがあります」

「私を生みに郷里《くに》へ帰った序《ついで》に光子叔母さんを片付けたって、始終言っていましたわ」

「その通りです。光子さんも相当考えたんでしょうが、簡単に片付けられてしまったんです」

「私も簡単に片付けられたんだわ」

「今更仕方ありませんよ」

「でも叔父さん、今夜は嬉しいでしょう？　叔父さんは」

「何故？」

「叔母さんに似た私とこうして一緒にいられて」

「嬉しいです。清方描くそのものゝためにも」

「そのものは代用品よ。私、代用品でもいゝわ。叔父さんも似ているんですから」

「誰に？」

「麴町《こうじまち》よ。よく似ているわ」

「まだあの人が頭にあるんですか？」

「一生あるわ。叔父さんだって同じことじゃありませんか？」

「驚きましたな」

「忘れられるものじゃないわ」

と言って、蝶子さんは私の膝に顔を埋めた。私は背中を擦《さす》りながら、

「可哀そうにねえ」

と込み上げた。

人間は勝手に理窟をつけるものだ。私達は湯河原の一夜を因果応報《いんがおうほう》と解釈した。春代さんの残して行った同型の禍《わざわい》が二つある。陽と陰で相惹《あいひ》く。春代さんの回忌を切っかけに、この二つが結合して局面の打開に努めたというのである。

「プラトニックですよ」

と断って、二人の間に恋愛遊戯が始まった。蝶子さんは私のところに十日も逗留して帰った後、熱烈な手紙を寄せるようになった。私も社長室で恋文を書いた。

「社長関西出張」

という掲示が度々出た。蝶子さんも時々上京した。私達は会って話していれば慰められた。私は学

校を出たばかりの青春に、蝶子さんは女子大学在学中の娘時代に戻るのだった。私はもう六十を越していた。蝶子さんも四十に近かった。好い気なものだと思い返して微笑まれる。

数々あった愚挙のうち、これが一番長かった。三四年続いたが、寿永《じゅえい》の秋《あき》の風ならで、竟《つい》に太平洋の浪が高くなった。とかく落ちつかない。急に消息が絶えたから、社用を拵えて行って見たら、蝶子さんは大分憔悴《しょうすい》していた。若い頃胸を患っているから、疲れると目に見えて衰える。

「叔父さん、私、死ぬかも知れないわ」

「弱っていますね。熱がありますか？」

「微熱が出るのよ、夕方から」

「気をつけないといけません。こんな見すぼらしい恰好、初めてですよ」

「…………」

自信の強い人だから、容姿を貶《けな》されると、狂人《きちがい》のようになって憤る。それを知っていながら、黙っていられなかったほどショボ〱しているのだった。

「幻滅です」

「叔父さんって人、ずいぶん我儘ね」

「それは何方《どっち》でしょうかね？」

「叔母さんに逃げられた訳が分るわ」

「あなたの我儘は親類中で認めているじゃありませんか？」

湯河原以来、喧嘩も度々あったのだった。男と女の最高級の我儘ものが結びついているのだから、お互に譲歩を知らない。

「…………」

「機嫌が悪ければ返事をくれない。どうしたのかと思ってワザ〳〵出て来たんです。この頃の旅行は容易じゃありませんよ」

「直ぐそうですからね、あなたは。身体が悪ければ、好い恰好なんかしていられませんよ。自分こそ直ぐに機嫌を悪くなさるじゃありませんか？」

「宜《い》いよ、もう」

「宜《よ》かないわ」

「…………」

「叔父さん」

「何だね？」

「私、叔父さんのお手紙、皆焼いてしまったわ。死んだ後で子供達が読んで、どんなことをしていたかと思うかも知れませんから」

「結構です」

「何通あったとお思いになって？」

「さあ」

「三百を越していましたわ。随分お書きになったものね」

「そんなにありましたか？　三年、いや、四年になるから」

「私のは半分ぐらいでしょう」

「三分の一でしょう。あなたは書かせるだけで書かなかったから」

「焼いて下さいね」

「厭です」

「何故？」

「我儘な人の記録として保存します」

「宜いわ。私、焼きに行くから」

「狡《ずる》いですよ、あなたは。自分だけ好い子になろうとするから」

「私、もう厭になったのよ、こんなこと」

「僕も面倒になりました」

「やめましょうよ、もう」

「結構です」

「手紙を焼いて下さい」

「焼きません」

間もなく日本国中天から火が降り始めた。私は罹災して郷里へ帰った。蝶子さんは免れたが、蘆屋は借家に住んでいて、大阪の持家《もちいえ》は焼けてしまった。それも洋一君からの手紙で知ったので、蝶子さんからは一切便りがなかった。私も別れたまゝだった。何方《どっち》も何方だ。それで今回の百二十万円は何とかして用立てたいのだが、昔なら一万二千円だけれど、前社長の私がどうも出来ない。電報で断《ことわ》った。それから以前にもらった手紙を小包で送り返してやった。百何通あった。書斎にしまって置いたから、書籍と一緒に助かったのだった。

愚人の告白は終局に達した。秋の初めに筆を起して、今はもう冬籠りの最中である。私の郷里は十二月から三月まで雪に埋められる。此年は殊《こと》に大雪だ。数日前、吹雪を冒して、相良正信の葬儀に列した。「心の歴史」の登場人物がこれで悉皆《すっかり》あの世へ移ってしまった。

死なば秋露のひぬまぞおもしろき

これは紅葉山人の辞世だったと覚えている。私は少くとも冬死にたくない。雪の中は自動車が動かないから、棺《かん》を橇《そり》に載せて焼場へ曳いて行く。如何にも悲惨だ。正信君を見送りながら、私はせめて雪のない季節に刈り取られたいものだと思った。

# 解説

外山滋比古

とにかく英語がよくできた。できたなどという程度ではなかった。鋭鋒は学生時代からあらわれる。慶応義塾の予科で、クラークというイギリス人の先生に教わった。英作文の試験に佐々木邦の提出した英文を、これは本人の自作とは認められない、といって突き返した。佐々木は憤然、抗議の手紙を書く。それを読んだクラークは舌をまいておどろき、本人に陳謝した、そうである。

当然のように英語の教師になるのだが、すらすらとすべり出したのではない。まず、韓国の釜山にある商業学校へ行かなくてはならなかった。卒業した学校の都合で、教員免許がもらえなくて、内地では就職できなかったのである。

釜山に二年いて、岡山の第六高等学校へ迎えられる。異例の栄転であった。先任の石川林四郎が自分の後に佐々木をつよく推した。後に『コンサイス英和辞典』の編者として知られるようになる石川は、東大英文科出のエリートで、佐々木を選んだのはよくよくのことだった。それくらい彼の語学力は傑出していたことになる。

佐々木はおそらくはじめて英語のヒューマー、ユーモアを深く解し、自分の感覚とした日本人であった。きっかけはマーク・トウェインにあるが、その作品に親しむようになるのは些細があってのことではなかった。いわば偶然である。

そのころ、つまり明治三十五、六年のころマーク・トウェインの英語は難しいという評判であった。原抱一庵のマーク・トウェイン訳に対して山県五十雄が誤訳指摘を行ない、それに端を発した誤訳論争はわが国翻訳史上、あとにもさきにも例を見ないはげしいものであった。それが世人をして、マーク・トウェイン怖るべしの感をいだかしめた。それなら、と英語に自信のあった佐々木邦は、これに挑戦したというわけである。

由来、教師の語学は訓詁註釈を旨とし、こまかい字句に拘泥する。外国語を読んで泣くこともできないし、笑うことはさらに困難である。マーク・トウェインが難しいと云われたのも、この作家に限らず、ユーモア、笑い一般の難解さのためであったのである。佐々木邦はその辺の事情をのみこんだ上でマーク・トウェインに傾倒したものと想像される。そして、やがてみずからユーモア文学を創るところまで行く。

その裏には、親の代から西欧文化の洗礼を受けていたという環境があった。父親は海外留学がきわめて珍しかった明治初年にヨーロッパで学んできた。邦は幼いときから、その影響を受けていたはずだが、さらにミッション・スクールに学んで、西欧的教養を身につけた。それが邦の語学力を非凡なものにした事情でもある。こういうことが重なってはじめて英語の笑いが本当に笑えるようになる。

笑いは一日にして生れない。

晩年になっても英語の語学力はいささかも衰えを見せず、本書に納められた『心の歴史』をみずから英訳して、アメリカで出版している。かって例のないことで、夏目漱石ですら考えもしなかったことである。

創作に手を染めるようになったのが、また佐々木邦流で、いわば外的事情によるものであったところが、おもしろい。

韓国の商業学校から名門第六高等学校へ栄転したのはいいが、講師である。いつまでもそのままであった。これでは何年たっても恩給がつかない。それにだいたい月給が安い。朝鮮ではついていた外地手当もなくなった。ゆとりもなくなり、釜山の生活で覚えたトルコタバコをたのしむなど思いもよらない。

そこで、いわば、生活のために翻訳を始める。翻案の物語を書いた。これが校長の気に入らない。ちゃんと俸給は出しているのに、内職はけしからんと注意される。内職しているからというので、月給は上げてもらえない。月給が上らないから文筆の仕事をする。それでまた月給をすえ置かれる。こういう〝イタチごっこ〟が七年続いたと、後年、自分でふり返っている。

第六高等学校をやめて、慶応義塾大学予科の教授になる。ときに三十四歳であった。「このときほどうれしかったことはない」とこれまた後年、述懐している。

上京して移り住んだところが、たまたま主婦之友社長石川武美邸であったという偶然から「主婦之友」へ翻訳小説の連載を依頼される。それをはじめとして文筆活動は一段と活発になる。翻訳、翻案から児童文学の創作へも進み、一般向けの小説も書き始める。独自の風格をそなえたユーモア作家としての地位をかためるのにさほど長い期間を要しなかった。生活の見込みも立ったから、四十歳のときに慶応を辞め、作家生活一本にしぼった。すでに人気作家であった。

佐々木邦はエピキューリアンである。朝鮮で覚えたトルコタバコの味を忘れられない。そのころ、朝鮮は関税が安く、M. C. C.という高級が百本入り一円五十銭だった。日本の敷島というやはり上等なタバコは内地と同じで十銭、一日一箱吸うと月三円。ところが、四円五十銭で「芳香馥郁たるM. C. C.が三箱吸える。独身者の私にはお安いご用であった」(「M. C. C.」より)いかに、このタバコに魅せられていたかが、こうした書きぶりからも察することができる。

六高へ移ってからというものは、月給が安く、と云って、とくに低いわけではなかったにちがいないが、佐々木邦の生き方からすれば少なかったのである。思うようにタバコも買えないというのは象徴的な不如意で、それをがまんするというのではなく、なんとか満足な暮しをしたいと考える。そのために、あえて翻訳の原稿稼ぎも辞さない。もしも、気に入った外国タバコが存分にすえるようであったら、あるいは文筆をとらなかったかもしれない。自分でも翻訳のことははっきり内職だったとのべている。エピキューリアンの生き方である。

やがてユーモアのジャンルへ向うことになる。マーク・トウェインやイギリスのウッドハウスに親しみ、それから影響されたこともたしかであるが、より深くは、佐々木邦の求めていた生き方、感じ方、見かたなどがユーモア小説につよい興味をいだかせ、自分でも書くまでになったのだとも考えられる。エピキューリアンのユーモア文学である。

こういう傾向は、また、美人好みというところにもあらわれる。『心の歴史』の中で「私」は、六年いたアメリカで「なんならこのままいついてしまっても宜いと思ったこともあった」と考える。ひとつには「美人国」だからである。「元来私は美に弱い。……顔が綺麗だともうそれで無条件だ。差当り目に見る女性悉く美人なので溜息をついた」と告白している。

佐々木邦のまわりにはいつも美しい女性がいた。晩年になってからでも、若い美人があらわれると、孫のようにいつくしんだ。もちろんいわゆる好色などではない。美を求める純粋なよろこびのおもむくところだったのである。

エピキューリアンとは一見、いかにも矛盾するようであるが、佐々木邦には、モラリストの一面があった。人生いかに生くべきかを深く考える。

「ボズウェルのジョンソン伝は私の愛読書だ。私もこの人間味豊かな大道徳家からどれくらい教訓を受けているか知れない」（『心の歴史』行き当りばったり）

そう云えば、ジョンソンも、エピキューリアンにしてかつモラリストであった。『心の歴史』は佐々木邦にとってもっとも重要な意義をもつ作品であった。

佐々木邦の文章は平明であるという定評があった。ふだんあまり本を読まないような人を愛読者にもっていることを生前、誇りとした。そしておもしろい。

あれだけおもしろい小説をかくのだから、日常もさぞおもしろい話をするだろう、と思うところだが、この点、文は人なり、とはいかなかったようである。

佐々木邦の教えた学生の間に伝説があった。かれらの教室にあらわれる英語の教師が、そのころ売り出しの作家と同姓、同名である。先生は小説家であるという噂が、いったんは広まるのだが、みんな信用しない。あんなボソボソした授業をする先生がユーモア作家なんかであるはずがない。あれは〝ニセモノ〟の佐々木邦であるとなって、〝ニセモノ〟という綽名がつく。

ところが、しばらくして、婦人雑誌のグラビアが佐々木夫妻の写真を紹介した。それを見つけた学生たちは、〝ニセモノ〟は〝ホンモノ〟だといって喜んだという。

この本に収められている「テーブル・スピーチ」も、そんなエピソードをふまえて読むとすこし違った味わいがするだろうと思われる。

もっとも、本当は話し下手だったのではなくはにかんでいるのが誤解されたのである。

徹頭徹尾、欧米風の教養、趣味で身をかためていたように見える佐々木邦だが、俳句、俳諧が好きであった。これもいかにも奇異に感じられそうだが、実は、不思議でもなんでもない。俳諧に認められる諧謔にはユーモアに通じるところがある。俳句を喜ぶのは当然といってよいかもしれない。

本書に収められているエッセイ「芭蕉の蛙」は、まず、古池に飛び込んだのは、何蛙だろうかを問題にし、「真っ昼間」で、それを芭蕉が見ていたのか、それとも「ある夜寝ていて蛙の飛び込む音を聞いたのか」を考えるなど、はなはだユニークである。

本書は、講談社刊『佐々木邦全集〔全十五巻〕』中の、第十巻（一九七五年）を底本とした。

なお、文中にある現在では差別的と思われる表現については、著作の性格と時代背景をかんがみて、そのままにした。

## 著者略歴

(ささき・くに)

1883年，静岡県駿東郡（現・沼津市）生まれ．明治学院高等学部卒．1917年より慶応義塾大学予科教授，英語，英文学を講じる．教職のかたわら『いたづら小僧日記』(1909年)，「珍太郎日記」(1920年)，「のらくら倶楽部」(1924年)など，児童文学，ユーモア小説のジャンルの第一人者として活躍する．1928年には教職を辞し，以後作家生活に専念．1930–31年，講談社版『佐々木邦全集（全10巻)』．1931–33年，半自伝的大河小説「地に爪跡を残すもの」．戦後は母校の明治学院大学教授に迎えられ（1949–62年)，『心の歴史』(1949年)，「赤ちゃん」(1957年）などの名作を書く．1961年，児童文芸功労賞を受ける．1962年には，自作の『心の歴史』をみずから英訳して，ニューヨークのバンテージ社から出版．1964年，心筋梗塞のため没．81歳．1974–75年，『佐々木邦全集（全15巻)』が講談社より刊行される．

## 編者略歴

(とやま・しげひこ)

1923年愛知県に生まれる．47年東京文理科大学英文科卒業．同大学特別研究生修了．51年雑誌「英語青年」編集長．ついで「英語文学世界」「月刊ことば」を創刊，編集．その間，56年東京教育大学助教授，68年お茶の水女子大学教授．89年同大学名誉教授，同じく昭和女子大学教授．99年同大学退職．62年文学博士．
『修辞的残像』(61年)，『近代読者論』(64年）により文学における読者論の方法を提唱，『シェイクスピアと近代』(72年）でその実践を示す．さらに，否定的に扱われてきた異本の意義に着目，その積極的機能を考察，『異本論』(78年）から『古典論』(2001年）へ展開．これとは別に，日本語について『日本語の論理』(73年)，俳句に関して『省略の文学』(72年)，『俳句的』(98年）などを発表．同時に折にふれてエッセイを書いた．

《大人の本棚》

佐々木邦

佐々木邦 心の歴史

外山滋比古編

2002年7月12日 印刷
2002年7月24日 発行

発行所 株式会社 みすず書房
〒113-0033 東京都文京区本郷5丁目32-21
電話 03-3814-0131(営業) 03-3815-9181(編集)
http://www.msz.co.jp

本文印刷所 理想社
扉・表紙・カバー印刷所 栗田印刷
製本所 誠製本


Printed in Japan
ISBN 4-622-04832-9
落丁・乱丁本はお取替えいたします

| | | | |
|---|---|---|---|
| サミュエル・ジョンソン伝 1 | J. ボズウェル<br>中野好之訳 | 11000 |
| サミュエル・ジョンソン伝 2 | J. ボズウェル<br>中野好之訳 | 9000 |
| サミュエル・ジョンソン伝 3 | J. ボズウェル<br>中野好之訳 | 8000 |
| ブレイク伝 | P. アクロイド<br>池田雅之監訳 | 10000 |
| 円環の破壊<br>17世紀英詩と新科学 | ニコルソン<br>小黒和子訳 | 3800 |
| 歴史と文学<br>近代イギリス史論集 | キース・トマス<br>中島俊郎編訳 | 9000 |
| イェイツとの対話<br>出淵博著作集1 | | 8000 |
| 批評について書くこと<br>出淵博著作集2 | | 8500 |

（消費税別）